精神的力量系列丛书
JINGSHENDELILIANG XILIE CONGSHU

忠诚的力量

武景生 主编

山东城市出版传媒集团·济南出版社

图书在版编目（CIP）数据

忠诚的力量 / 武景生主编. —济南：济南出版社，2021.7

（精神的力量系列丛书）

ISBN 978-7-5488-4763-2

Ⅰ.①忠… Ⅱ.①武… Ⅲ.①革命故事–作品集–中国–当代 Ⅳ.①I247.81

中国版本图书馆CIP数据核字（2021）第154234号

出 版 人	崔 刚
选题策划	胡长粤
责任编辑	刘秋娜 李 媛
插画作者	张培海
装帧设计	胡大伟

精神的力量系列丛书：忠诚的力量　　武景生 主编

出版发行	济南出版社
地　　址	济南市市中区二环南路1号（250002）
发行电话	（0531）86922073　67817923
	86131701　86131704
经　　销	各地新华书店
印　　刷	济南升辉海德印业有限公司
印　　次	2021年9月第1版第1次印刷
成品尺寸	170mm×240mm　16开
印　　张	7.5
字　　数	83千
定　　价	32.00元

（济南版图书，如有印装质量问题，请与印刷厂联系调换）

岁月不居　精神不朽

（代　序）

习近平总书记强调："革命传统教育要从娃娃抓起，既注重知识灌输，又加强情感培育，使红色基因渗进血液、浸入心扉，引导广大青少年树立正确的世界观、人生观、价值观。""对我们共产党人来说，中国革命历史是最好的营养剂。多重温我们党领导人民进行革命的伟大历史，心中就会增添很多正能量。"

一寸山河一寸血，一抔热土一抔魂。中国共产党有着光荣的革命历史传统，革命文化波澜壮阔，革命故事十分丰富。革命故事承载着红色历史，铭刻着红色记忆，流淌着红色血脉，凝结着红色传统。长征时期，红军战士周广才宁肯忍饥挨饿也要将半截皮带留下来，带着它"去延安见毛主席"。藏族女红军姜秀英爬雪山时，受伤的脚趾被冰雪冻坏，为跟上部队行动，她从老百姓家中借来斧头，忍痛将溃烂的脚趾砍掉。"长征路上不掉队"的故事，展示着信仰的力量，表达了一心跟党走的坚定意志。还有广为流传的半条被子、永不消逝的电波、砸掉门牙送情报、断臂走长征……这些革命故事里有如磐的初心、如山的信仰，有精神的谱系、制胜的法宝，有我们党的红色基因，体现着党的理想信念、性质宗旨、铁的纪律、政治本色，是我们党区别于其他政党的显著标志。

一位哲人说过，历史中有属于未来的东西，找到了，思想就永恒；传承下来，发展就永恒。一段段改天换地的红色征程，一个个感天动地的革命故事，不仅蕴藏着中国共产党"从哪里来"的密码，也指引着中国共产党"走向何方"。讲好革命故事，就像打开一扇窗户，让人们了解那段红色历史，做到爱党爱国；也像种下一粒种子，让人们在内心激发情感认同，赓续红色基因、传承优良传统。

岁月不居，精神不朽。当我们挖掘、讲述、传播这些革命故事时，里面蕴含着的炽热精神仍在温暖、激励、指引着我们奋勇前行。讲好革命故事，坚定理想信念，并不仅仅为了致敬历史，更为了传承红色基因，启示未来。这是我们的初心和使命！

编　者
2021 年 8 月

目 录
CONTENTS

女兵也是兵 / 1

双枪女侠 / 4

八名红军女战士 / 6

妇女独立团 / 9

妇女解放走长征路 / 11

满腔热血沃中华 / 13

危秀英二三事 / 16

武艺超群何子友 / 18

贺子珍勇救钟赤兵 / 21

王新兰跑长征 / 23

女红军粮秣队 / 27

"负伤"的邓六金 / 30

死不了 / 32

生命涅槃 / 36

歌声疗法 / 38

坚守秘密的女红军 / 42

腊子口的女守护神 / 46

冰封金刚台 / 48

拿驳壳枪的女班长 / 54

女"二六八团" / 57

微笑无敌 / 59

那一声"同志" / 61

母女诀别 / 63

光宇千秋玉比馨 / 66

打入魔窟的传奇才女 / 71

火凤凰 / 74

女八路的冰铠甲 / 78

刑场别 / 81

人小鬼大 / 84

生的伟大 死的光荣 / 87

意志如钢铁 / 89

女军医四本 / 92

血染城防图 / 95

超越骨肉的亲情 / 98

节日礼乐 / 103

女作战参谋 / 106

一个都不少 / 108

梦醒时分 / 111

后 记 / 114

女兵也是兵

1927年8月30日,担任营长的陈赓随部队南进。会昌城外,部队与敌人突然接上了火。这是一场恶战,刚刚诞生的红色武装力量和国民党军进行了殊死搏斗,杀伤了无数的敌人。由于敌人人数多,火力猛,部队损失巨大。双方战死者的尸体遍布整个山坡。

部队开始撤退了,陈赓在最后掩护,直到战友们消失在山那边,他才弯腰穿进树丛,开始追赶部队。这时,敌人的后援部队又冲了上来,子弹发出尖叫,打在周围的石头上蹦出火花,树叶、树枝一起落了下来。陈赓跑着跑着,忽然膝盖一软,栽倒在地,他的左腿中弹了。他伸手一摸,满手是血。他使出浑身力气,站了起来,想跑,左腿却不听使唤。他的周围全是尸体,敌人一边开枪,一边往上冲,越来越近了。陈赓一咬牙,从山坡上滚了下去,跌进一条田沟里。田沟里长着半人深的草,正好掩护了他。他顾不上包扎伤口,鲜血把沟里的水都染红了。

敌人越过山头,朝山下冲来,开始了疯狂的报复。他们看见伤兵就补上一枪,或者捅上一刀,死尸也要翻过来看看。陈赓的周围躺着十几具烈士的遗体,敌人近在咫尺,千钧一发之际,陈赓把腿上流出的血涂了一脸，连胸口也涂抹上了。

陈赓斜躺着身子，屏住了呼吸，一个敌兵骂骂咧咧地走过来，陈赓闭着眼睛都能感受到敌人枪刺上的寒光。也不知道是翻尸体翻累了，还是看到满身血污的陈赓实在吓人，他没有用枪翻动陈赓，只是在陈赓的腰上狠狠地踢了一脚。陈赓感到一阵钻心的疼痛，但是暗暗咬牙挺住了。

敌人终于离开了，极度紧张的陈赓因失血过多昏了过去。

也不知道躺了多长时间，陈赓被一阵脚步声惊醒。他悄悄睁开眼睛，发现这支部队每个人的脖子上都挂着红带子。陈赓知道，这是贺龙的部队，他用尽力气对一个士兵喊："我是自己人！"

那个士兵走过来，看见陈赓浑身是血，吃惊地问："你怎么成了这个样子？伤哪儿了？"

陈赓一听声音，说："你这个兵怎么是女的啊？"

这个士兵确实是女兵，她叫杨庆兰。南昌起义有30多个女兵参加，杨庆兰就是其中之一。起义开始的时候，她们做宣传动员工作；战斗打响了，她们成了护士，做救护工作。

杨庆兰说："女兵怎么了？女兵也是兵。"

杨庆兰蹲下身子，帮陈赓简单包扎了一下伤口，拉住陈赓的胳膊，就往身上背。

陈赓说："你不行，快叫个男兵来。"

杨庆兰说："就你这分量，还用男兵？我一个人背俩。"

杨庆兰背起陈赓，急忙往山下走。

天很快黑了，山路一脚高，一脚低，崎岖不平。杨庆兰虽然年轻，但毕竟是女同志，背着背着就觉得吃力了，落在了救护队的后面。

杨庆兰越走越慢，离救护队也越来越远。这时候敌我交织在一起，落了单，万一遇到零星敌人，后果不堪设想。

陈赓说："你放我下来，扶着我走。"

杨庆兰喘息着说："你伤得那么重，扶着走，你走得了吗？"

忽然，杨庆兰被石头一绊，摔倒了。她没顾得上自己，急忙问陈赓："没摔着你吧？"

陈赓的伤口磕在石头上，钻心地疼。他咬了咬牙说："我没事。"

杨庆兰又重新背起陈赓赶路。摔这一跤，她的脚崴了，但也顾不上了，她一瘸一拐，直到半夜才把陈赓送到救护所。

杨庆兰和陈赓因此结下了深深的革命情谊。

双枪女侠

烽火井冈山，有一位女英雄伍若兰，她身携双枪叱咤风云的故事在苏区流传。

22岁的共产党员伍若兰，被分配到政府妇女部负责宣传工作。伍若兰年纪虽小，但工作积极主动，深受领导赏识，时间不长，她就从战友中脱颖而出，成为政府部门的宣传骨干。1928年1月，朱德、陈毅率领的工农革命军第一师在湖南开展运动。由于伍若兰的出色表现，她又被调到工农革命军第一师师部，负责部队的宣传工作。

调到师部不久，全国革命形势发生了变化。蒋介石调集湘粤两省军队，用七个师的兵力对工农革命军第一师进行"会剿"。因敌我兵力悬殊，工农革命军第一师被迫退出湖南，向井冈山地区转移，后与毛泽东率领的秋收起义部队在井冈山胜利会师。

会师后，两支部队组成了工农革命军第四军，伍若兰被任命为军部宣传队队长。伍若兰写得一手好字，是当时红军队伍中的"书法家"，外出刷写标语、散发传单等任务自然就落到了她的身上。当时局势紧张，敌我斗争激烈，敌军特务分子无处不在。

由于工作需要，伍若兰经常外出执行任务，为确保安全，她通常身背两支手枪。她参加革命较早，又追随革命军征战多年，虽是20岁出头的小姑娘，却练就了双枪并用的好枪法，战友们私下里都叫她"双枪女侠"。执行任务时伍若兰身背双枪，手里握着一支毛笔，英姿飒爽。

一次，伍若兰带着两名宣传队员在一个小村里写标语，写完后刚准备离开，十几个敌人就从村后的山坡上偷偷摸了上来。敌人一看他们只有三个人，领队的又是一个手拿毛笔的弱女子，便心生歹意，怪叫着围了上来。

见此情景，伍若兰镇定自若，一边安排其他队员隐蔽，一边揣起毛笔准备战斗。伍若兰先观察了一下附近的地形，然后抢前几步，隐蔽到一面土坯墙后，利用墙角做掩护。待到敌人进入射击范围，伍若兰迅速从腰间抽出两支驳壳枪，稳稳地瞄准了围上来的敌人。

伍若兰先瞄准的是打头的两个敌人，她说了句"先给你们点厉害尝尝"，接着只听啪啪两声清脆的枪声，那两个心急的家伙就应声倒地。后边的敌人还没反应过来是怎么回事，伍若兰又迅速地举起双枪，把跟在后边的两个敌人打了个倒栽葱。

更往后的敌人一看前边几个都倒在了地上，心里便打起鼓，到底是中了埋伏还是红军大部队过来增援了？他们一个个脸色蜡黄，不知所措。这时，敌人中间不知道谁喊叫了一声"红军来了"，顿时，敌人像炸了窝的马蜂，丢下枪械四处逃窜。

伍若兰确定敌人已经逃跑，便带着两个宣传队员清缴了敌人丢下的武器，唱着欢快的山歌安全地返回了部队驻地。

从此以后，双枪女侠的传奇故事在苏区不胫而走。

八名红军女战士

这所监狱是由一个学堂改建的。

一间牢房里，关押着八个红军女战士。她们是娘子军连的，连队的正规番号是中国工农红军第二独立师第三团女子军特务连。她们对革命的理解比较简单：革命就是打仗，打仗就是一颗子弹的事，不是敌人死，就是自己死。她们没有想到，还有第三种可能：敌人死了，自己被俘虏了。

八个被俘的女红军中，职务最高的是指导员王时香。娘子军连100多个女兵，就她上了三个月的夜校。组织上说"你就当指导员吧"，于是她当了指导员。被关在监狱里，她还认真履行着指导员的职责。她提出一个口号："宁做共产党的鬼，不做国民党的人。"八个女战士举起了拳头，像宣誓一样地重复着："宁做共产党的鬼，不做国民党的人。"

就在这个时候，狱卒过来说："喊什么喊，把你们关在一块儿你们就闹事，都给老子准备好了，一个一个地出来。"

王时香问："一个一个地出去干什么？要杀要剐我们八姐妹在一块儿，坚决不分开。"

狱卒冷笑一声说："想死？没那么容易。上峰说了，把你们一人关一个牢房，分头审讯，看看能不能撬开你们的嘴。"

狱卒打开牢门，用枪指着王时香，说："你，先出去。"

王时香说："我们八个人，生，生在一起，死，死在一起，要把我们分开，休想！"

另一个狱卒说："嘴够硬的啊。"他伸手去拉王时香，王时香抓住他的手咬了一口。那狱卒疼得直跺脚，抽出手，端起枪，哗啦一声，子弹上膛，说："敢咬老子，信不信老子把你毙了。"

王时香胸脯一挺，说："打呀，不就是一颗子弹吗？你一开枪，我革命就成功了。"

那狱卒说："你当老子不敢开枪吗？"

另一个狱卒把他的枪压下去，说："上峰命令，要口供。"

那个狱卒哼了一声，背起枪，又去拽另一个女兵。八个女战士忽然抱成一团，狱卒怎么也拽不开。

狱卒只能恨恨地走了，临走撂下一句话："看老子怎么收拾你们！"

牢房里又平静下来，一个女兵问："指导员，他们真要把我们分开怎么办？"

王时香说："同志们，大家怕不怕死？"

七个人异口同声地回答："怕死不当娘子军。"

王时香想了想，说："好，那我们就一块儿死。"说着，她从贴身内衣袋里摸出一个小纸包，这是一包老鼠药。

1931年5月1日，中共琼崖地委从700多名报名参加红军的妇女中挑选出100多名组建了中国工农红军红色娘子军连。她们和男人一样打土豪，打白匪，参加了一系列战斗，威震海南岛。

1932年8月，国民党军"围剿"革命根据地，红色娘子军连与红军一营奉命阻击，迎来了最为惨烈的一战。突围的时候，娘子军连奉命留下一个班打阻击。十个战士，子弹打完了，打手榴弹，手榴弹打完了，用石头砸，拼刺刀，战斗到最后用牙咬。国民党军打来时，王时香就给自己留下了最后的"子弹"——一包老鼠药。

在这关键时刻，老鼠药派上了用场。王时香把老鼠药分成八份，准备和敌人做最后的斗争。

就在这个时候，狱卒喊："开饭了。"为了撬开红军女战士的嘴，得到情报，敌人给她们准备了香喷喷的大米饭，还有一盆红烧肉。但是，没有人动筷子。她们在生命的最后关头，不愿意接受敌人的施舍。她们要来了凉水，最后拥抱了一下，一起喊："宁做共产党的鬼，不做国民党的人。"八个人就着凉水，把分到的一小包老鼠药吞服下去……由于毒药的分量太小，她们还是醒过来了。

敌人被女红军宁死不屈的精神震慑住了，再也不敢把八个女红军分开。就这样，到第二次国共合作时，迫于社会压力，国民党军释放了八个女红军。这时娘子军连已经不存在了，女红军们出狱后，有的继续寻找组织投身革命，有的在艰苦的生活中不断抗争。

中国工农红军第二独立师第三团女子军特务连是中国人民解放军建军史上建制最短的一个连队，仅仅存在了一年半，但是，娘子军连的女红军们用自己的英勇无畏为鲜红的军旗添上了浓墨重彩的一笔。

妇女独立团

20世纪30年代，四川境内有一支全部是光头的女红军队伍，她们就是隶属于红四方面军的妇女独立团。

那时，四川境内军阀混战，民不聊生。为了吃饭活命，许多人家把十几岁的小姑娘卖给有钱的大户人家做童养媳。到了大户人家以后就如同坠入地狱，过着非人的生活，受尽折磨凌辱。

红军来了，穷人的救星来了，妇女的救星来了。

以前地位低下的妇女不再甘心受辱，不顾一切地报名参军争取解放、争取自由。报名人数由一到十，由十到百再到千。因为报名参军的妇女越来越多，红四方面军决定在川陕根据地组建妇女独立营。随着队伍的不断壮大，一年后，妇女独立营在四川旺苍被扩编为妇女独立团。

由于当时形势紧张，妇女独立团成立以后，几乎天天要上前线打仗，打仗就避免不了流血受伤。四川地区多山地、多雨水，气候湿润，当时医疗条件又非常有限，许多女战士头部受伤后头发粘在伤口上化脓感染。美丽的满头黑发此时却给她们的健康带来了隐患，直接影响了部队的整体战斗力。部队领导当即决定：所有女红军无论职务高低、年龄大小、头发长短，一律剃光头。

虽说妇女们参军是求解放，但是女战士们对自己头上乌黑亮丽的长发还是恋恋不舍。经过领导的再三动员，意志坚定的女战士们忍痛剃去了满头黑发。剃成光头以后，女战士们你看看我，我看看你，禁不住大笑起来。她们说："过去妇女被迫'削发为尼'逃避现实，现在我们'剃头'革命寻求自由！"

虽说妇女独立团全是女战士，但是剃成光头的女战士训练起来与男兵相比毫不逊色，训练场上你争我赶，不仔细观察很难分辨出哪个是男兵哪个是女兵。通过严格的军事训练，妇女独立团整体军事素质快速提升。妇女独立团成立不久，就配合主力红军打了个漂亮仗。

1933年11月开始，红军反击刘湘的"六路围攻"。四个主力军被调往东线，妇女独立团参与了西线的战斗。

巾帼不让须眉。平时的刻苦严格训练换来了过硬的军事素质。初上战场的女红军，表现出非凡的机智和勇敢。妇女独立团顽强地坚守阵地，阻击敌人。一开始，凶残的敌人根本没有把妇女独立团放在眼里。在他们看来，手无缚鸡之力的软弱"光头小女子"纺线织布在行，打起仗来就不行了。付出沉重代价后敌人才发现，对面不是软弱的"光头小女子"，而是英勇善战的红军战士。敌军士气大挫，败阵而逃。

妇女解放走长征路

"脚不缠，发不盘，剪个毛盖变红男。"

这是20世纪30年代川陕根据地流行歌曲中的一句歌词。漫长的封建社会对中国妇女最残酷的摧残是：裹脚。好端端的一双脚裹得像个粽子，还美其名曰"三寸金莲"。革命了，妇女解放了，觉悟了的她们用行动发布宣言：放开小脚，剪掉辫子，我当红军去了！

"三寸金莲"的脚掌被裹得变形，趾骨断裂，走起路来一步三摇，日常生活都不方便，更不用说行军打仗了。

可是，在红军队伍里，就有这样一群红军女战士，她们和男兵们一样，走完了二万五千里长征。

周起义就是有着一双"三寸金莲"的女红军。长征开始的时候，周起义正在红四方面军总医院疗伤。她在翻越大巴山时手、脚、腿全冻伤了，两条腿肿得像瓦罐，水泡一个挨着一个，像马蜂窝，小腿已经伸不直了。她不能离开红军，更不能拖累红军。趁人不注意，她把腿上的水泡一个一个都挑破了，放出脓血，用草药消毒。

医生让她卧床，她就偷偷地起来，硬撑着，咬着牙练习走路。只用了几天时间，周起义瞒过了医生的眼睛，"康复"出院了。

周起义担任了红军总政治部妇女宣传队队长，踏上了征途。她的伤并没有好，不久她又住进了医院。长征中的医院其实和战斗连队一样。周起义坚持行军走路，天上敌机轰炸，地上敌人追赶，每天百十里急行军，遇到敌人就打仗。更要命的是她的"三寸金莲"，行军时，别人走一步，她得走两步；别人大步走，她就得小跑才能跟得上。一双小脚磨得旧泡挨新泡，大泡挨小泡，周起义硬挺了下来。腿上的水泡也没有减轻，一片一片地化脓溃烂。部队没有消炎药，用盐水清洗创面，就是最好的消毒。可是，盐比金子还贵重，周起义总是把盐水让给别的伤员。她忍着剧痛，一路行程一路歌，别说战友们，就连她自己有时候也忘了自己是伤员了。

说也奇怪，没用药，周起义奇迹般痊愈了，她被留在了医院工作。

周起义对医疗知识一无所知，药品的名字对她来说难如天书。一路上，她请前面的战友背块小木板，写上"盐水""消毒"等医疗常用词。走完了长征，她也成了一名合格的医护人员。

一双"三寸金莲"，爬雪山，过草地，走蜀道，渡过嘉陵江，飞越大渡河……漫漫二万五千里，留下坚强的脚印。

满腔热血沃中华

誓志为国不为家,涉江渡海走天涯。
男儿岂是全都好,女子缘何分外差?
一世忠贞兴故国,满腔热血沃中华。
白山黑水除敌寇,笑看旌旗红似花!

这首慷慨激昂、不让须眉的《滨江抒怀》,为抗日女英雄赵一曼所作。

1905年10月25日,赵一曼出生于四川省宜宾县北部白杨嘴村的一个封建地主家庭。五四运动爆发后,马克思主义在中国广泛传播。赵一曼的大姐夫郑佑之是个革命青年,在他的引导下,赵一曼开阔了眼界,萌发了新的认知。1926年夏,赵一曼加入中国共产党。九一八事变后被调往东北,在沈阳工厂参与领导抗日斗争。1933年10月任哈尔滨总工会代理书记。1934年春,赵一曼奉命建立了抗日游击队,配合主力部队抗击日军,第二年9月兼任东北抗日联军第三军一师二团政治委员。

1935年11月,赵一曼为掩护部队突围腿部负伤,在昏迷中被俘。为了从赵一曼口中获取有价值的情报，日本鬼子在审讯过程中动用了各种惨无人道的酷刑。

赵一曼始终坚贞不屈，早已做好了赴死的准备。不管敌人如何凶残，使用什么样的卑鄙手段，她都坚决捍卫党的尊严，不吐露半点党的秘密，并大声斥责日本帝国主义的罪恶行径。赵一曼说："我的目的，我的主义，我的信念，就是反满抗日。"

1935年12月，因赵一曼的身体状况极度恶化，日本鬼子将她送到医院监视治疗。其间，赵一曼对看护韩勇义和看守董宪勋进行了爱国教育，二人决定帮助赵一曼逃离。1936年6月，赵一曼成功逃离医院，但两天后被日本鬼子追上，再次被捕。她又多次受到严刑拷打，依然铁骨铮铮。日本鬼子见实在无法撬开赵一曼的嘴，决定将她处死。

1936年8月2日，赵一曼被押上了去珠河的火车。最后的时刻到了，她的内心却非常平静。她想起了远在异乡的儿子。在押解的途中，她为年幼的儿子写下了饱含深情的反满抗日的遗书。

宁儿：

　　母亲对于你没有能尽到教育的责任，实在是遗憾的事情。母亲因为坚决地做了反满抗日的斗争，今天已经到了牺牲的前夕了。母亲和你在生前是永久没有再见的机会了。希望你，宁儿啊！赶快成人，来安慰你地下的母亲！我最亲爱的孩子啊！母亲不用千言万语来教育你，就用实行来教育你。在你长大成人之后，希望不要忘记你的母亲是为国牺牲的！

一九三六年八月二日
你的母亲赵一曼于车中

到了珠河，敌人把赵一曼放到一辆马车上"游街"。为了鼓舞人民的抗日信心，她激昂地唱起了《红旗歌》。在小北门外刑场上，她奋力高呼："打倒日本帝国主义！中国共产党万岁！"赵一曼视死如归，从容就义，年仅31岁。

满腔热血沃中华

危秀英二三事

在红军队伍中有一位身材矮小的女红军叫危秀英,她的身高不足一米五。可就是这样一位身材矮小的女红军,在长征路上救下的战友不计其数。

红军在贵州境内行军时,被敌人发现了。红军边打边走,几位女红军夹在队伍里跟着向前跑。突然,危秀英发现路旁有一个男兵扶枪坐在地上,便赶忙回身去拉他。好烫啊,这个男兵正在发高烧。危秀英连忙打开自己的水壶,将仅有的一点儿水送进了男兵的嘴里。然后,她把男兵的行装全部放在自己身上,使劲地把他拉起来,背在背上,艰难地前进。

清醒过来的男兵发现自己趴在一位瘦弱矮小的女红军背上,心里十分过意不去,于是挣扎着想下来。敌人已经追到了红军刚刚越过的山头,子弹在头顶嗖嗖地掠过。危秀英不顾一切地加快了脚步,咬着牙,坚持着,硬是背着男兵翻过了两座山,甩掉了敌人!

红军到达四川毛儿盖,几位女战士因为采食野蘑菇中毒,一个个口吐白沫躺在地上,生命危在旦夕。危秀英立刻抱起中毒的女战士,扒开她们的嘴,伸手去抠她们的喉咙,直到她们把毒蘑菇全部吐出来。战友们终于得救了。

那段时间，红军昼夜不停地急行军，赶往安顺场。天已经黑了下来，口干舌燥的危秀英在黑暗中去路边找水。她没找到河流，却发现一个亮闪闪的小水坑。渴到极点的危秀英丝毫没有考虑，拿起搪瓷缸子舀起水咕嘟咕嘟喝了下去，喝饱了又把水壶灌满去追赶队伍。天亮了，有名男同志跑来找危秀英要水喝，危秀英摘下水壶就递给了他。他喝了后，疑惑地问道："你们女同志的水怎么有一股尿腥味？"危秀英从那名男同志手中接过杯子仔细一看，才发现杯里的"水"黄澄澄的，杯子底部还存留着一小块牛粪。

原来，头天夜里在那个亮闪闪的小坑里舀的"水"竟是牛尿。

部队到达遵义附近时，危秀英在战场上看见一伙敌人正在追捕一位红军战士，眼看敌人就要抓住那位小战士了。危秀英奋不顾身地横插过去，朝敌人扔了一颗手榴弹，救下了素不相识的战友。

20多年后的1958年，危秀英到北京看望蔡畅，正巧遇上当年被他救过的那位战士。原来他叫廖志高，已经是四川省委书记了。廖志高激动地握着危秀英的手说："危大姐，你不认得我了？我是你曾经救过的红军战士呀！那次多亏你舍身相救啊。"

长征路上究竟救过多少人危秀英也记不清了，对这些事她很少提及，然而她却记着蔡畅曾送给她一小袋干粮，朱德送给她一根拐杖，陈毅给她这个没有名字的童养媳起了"危秀英"的大名。

武艺超群何子友

1934年，县城的秋季庙会开始了。虽然处在战争时期，但是一年一度的庙会还是显得热闹，赶会的、做买卖的、江湖艺人都来了。整个庙会熙熙攘攘，络绎不绝。

人群中有四个卖艺的民间艺人，她们手里拿着笛子、二胡之类的乐器，一边走，一边警惕地向四处瞟着。她们是妇女侦察连的女侦察员，带队的是党小组组长何子友，她们利用赶庙会的时机来县城侦察敌情。

四个人正走着，忽然人群纷纷躲避，何子友一看，原来是敌人的一个副官陪着一个身穿便装的胖子逛庙会，副官和胖子的后面还跟着四个腰挎短枪的卫兵。这让何子友极为兴奋，她低声对同伴说："捉舌头。"一个女侦察员说："他们六个人，还带着武器，我们才四个人，赤手空拳。"妇女独立团规定侦察员在执行任务时，不准带武器，连匕首之类的铁器也不能带。否则，一旦被敌人搜查到，牺牲个人不说，还会给整个部队的行动带来损失。所以，她们执行侦察任务时只能带筷子和绳子这些能够掩护身份的物件做武器。这次化装成民间艺人，带了笛子、唢呐，就算是"重武器"了。青天白日之下，要对付四个荷枪实弹的卫兵和一个带枪的副官确实危险挺大。但何子友艺高人胆大，凭她的武功，十个八个人也近不了身。她对同伴们说："你们三个对付那个胖子和副官，四个卫兵交给我了。"

何子友和战友们迎着几个敌人走了过去，快要接近时，何子友一使眼色，三个战友立即制服了胖子和副官。四个卫兵一下子愣住了，就在这一瞬间，何子友高喊："一班从左，二班在右，给老子抓活的。"四个卫兵回头张望，何子友一招"金钩挂锤"打晕了两个卫兵，又一招"黑虎偷心"缴了另外两个卫兵的枪。庙会立时炸了营，趁着人多慌乱，四个人押着副官和胖子，背起四支枪，迅速撤离。

到了街角一个偏僻的地方，何子友对胖子说："你想死想活？"

胖子强作镇静地说："这是我们的地盘，你不要胡来。"

何子友说："还跟老子玩硬的。"她拿起一支缴获的步枪，双手握紧枪管，暗暗用力，铁制的枪管立即弯了下来，成了个弓形。何子友对胖子说："就你那个猪脖子，能赶得上这枪管硬吗？不听话，老子一把拧断了它。"说着就伸出手来。胖子急忙说："好汉饶命，好汉饶命。"何子友说："那就乖乖地听话，和我们一块儿出城。"

一辆马车从城里飞快地驶向城门，车上坐着副官、胖子和何子友等四名女侦察员。到了城门口，哨兵盘问，副官说："滚开，没长眼睛吗？没看见车上坐着谁吗？"哨兵退后了，马车风驰电掣般跑出了城。经审讯，穿便装的胖子是敌人"剿共"指挥部的特派员，红四方面军从他的嘴里得到了许多重要情报，狠狠地打了几个胜仗。

何子友从小习武，练就了许多一招制胜的绝招，也养成了男人一般剽悍的性格。她十几岁的时候，父亲因为担任家乡的苏维埃主席被反动派杀害，何子友一跺脚，"老子一定要报仇"，之后就参加了红军。

何子友的武功在红军中派上了大用场。凭着一身武功，她数十次与敌人短兵相接，均一招制胜，化险为夷。为了提高战斗力，妇女独立团特意转移到一座大山里，由何子友做总教官，进行大练兵。通过一个月的休整训练，妇女独立团的指战员们都掌握了一招制敌术。

长征途中，妇女独立团被敌人三个团的兵力追赶，只有进入大山，才能摆脱敌人。但是在山口，一伙"山大王"挡住了去路，团里决定由副团长带着何子友上山去和"山大王"谈判。"山大王"同意妇女独立团进山，但有一个条件：听说红军的妇女独立团武艺高强，那就来个比武定夺，赢了，你们进山，输了，你们从哪儿来还回哪儿去。副团长还没来得及说话，何子友站了起来，说："考较武功？老子等着呢。"谈判场立时成了比武场，"山大王"选出了三个武艺高强的土匪，何子友以一敌三，点到为止，没有超过两招，三个人就倒在了地上。何子友没想伤及他们的性命。

从此以后，"老子"何子友名扬红军。

贺子珍勇救钟赤兵

1935年3月的一天傍晚，红军干部休养连的同志正在休息。忽然，传来一阵嗡嗡的响声，敌人的一架飞机钻过山谷，飞了过来。战斗经验极为丰富的贺子珍立即指挥大家分散隐蔽。但是已经晚了，敌机发现了休养连，肆无忌惮地俯冲下来，疯狂地扫射着，一枚炸弹把贺子珍藏身的高坎炸得土崩泥溅，贺子珍被吞没在烟尘和火光之中。

好在贺子珍并没有负伤。红军里有很多高级指挥员，负伤以后来到休养连疗伤。他们中的大部分都是重伤员，躺在担架上不能动。贺子珍想到他们，从烟尘里爬了出来。她揉了揉眼睛，一看，有一副担架暴露着，敌机密集的子弹正射向担架。危急之中，贺子珍毫不犹豫地冲过去，飞身扑在担架上的伤员身上。

担架上的伤员名叫钟赤兵，是红军的一位师政委。他是红一方面军的一员猛将，在攻打遵义城时断了一条腿，来到休养连。

贺子珍用自己的身体为战友做了一道坚固的屏障。敌机飞走了，警卫员吴吉清跑过去一看，贺子珍遍体鳞伤，鲜血从头部、上身、腿上流下来，染红了衣服。

吴吉清背起昏迷中的贺子珍，去找担架。

一场紧张的抢救开始了，红军总卫生部派出最好的医生救治贺子珍。经过详细检查，医生发现贺子珍的头部、上身、腿上共有17块弹片，有一块弹片从她的右背部一直划到右胳膊上，撕开了一条长长的口子。医生给贺子珍注射了一针止血针，给她服了几粒止痛片。在没有任何麻醉的情况下，手术开始了。表层的弹片被一块一块取出，贺子珍疼得浑身打战，眼里噙满泪水，却一声不吭。17块弹片中只有在身体表层的被取了出来，剩余的伴随了贺子珍终身。

部队很快就要出发了，贺子珍心想，自己的伤势这么重，伤病员又那么多，继续跟着部队行进，对部队的拖累实在太大了。她郑重地向组织提出请求，请求把她留在当地百姓家里。

毛泽东闻讯赶来，当他得知为了不给长征途中的红军增加负担，贺子珍要求留在老乡家的时候，他坚决地说："我就是背也要把你背到目的地。"毛泽东把自己的担架和一个强壮的警卫员留给了贺子珍。贺子珍带着17处伤口，颠簸在长征路上。

每天到了宿营地，医生就要给她换纱布，把粘在伤口上的棉花、纱布揭下来。揭一块就是一阵钻心的痛，一连要揭17块。洗伤口，没有药，就用热水，没有热水，只好用冷水洗，再换上新的纱布，连消炎的药粉都没有。

毛泽东在谈到贺子珍为抢救战友英勇负伤的时候说："敌人是时刻不会忘记我们的，但他们永远阻止不了革命队伍前进的步伐！"

王新兰跑长征

1935年春，红四方面军西渡嘉陵江，开始长征。3月30日晚，在望不到头的队伍里，不到11岁的"红军娃"王新兰迈着稚嫩的小腿，被宣传队的大姐姐们搀扶着，登上了渡江的木船。

部队打仗时，王新兰就和群众一起抢救伤员，有时一天要救几百个人。王新兰年纪小，抬不动重伤员，就扶着轻伤员走。王新兰爱讲笑话，走到哪里，笑声就留在哪里。过江不久，有人发现渐渐地听不到王新兰的笑声了。原来，王新兰染上了重伤寒，吃不下饭，身体一天比一天虚弱。

一天早晨，王新兰步履维艰地跟随队伍走了十来里地，突然眼前一黑，栽倒在地。战友们又是掐人中，又是喂水。在战友们的呼喊声中，王新兰渐渐苏醒过来。"对不起，对不起，我给大家添麻烦了！"看着这么多人照顾自己，王新兰挣扎着想站起来，可是没有成功。战友们用树枝扎了副担架，抬着她继续往前走。

部队走到川西时，王新兰已牙关紧闭、不省人事了。没过多久，她的头发、眉毛开始脱落。宣传队的一位大姐抱着一线希望，天天把饭嚼烂，掰开她的嘴，一点点喂她。渐渐地，王新兰又奇迹般地睁开了眼睛。

宣传队抬着重病的王新兰行军，行动十分艰难，特别是有敌人尾追的时候。一天，部队在一个村子宿营时，有人建议给房东一些大洋，把王新兰留下来。红四军政治部主任洪学智得知后，赶忙来到宣传队，说："这孩子表演技术不错。一台好的演出，对部队来说是一股巨大的精神力量。"他给宣传队下了一道死命令："再难也要把她带上，谁把她丢了，我找谁算账！"

王新兰躺在担架上，被战友们抬着走了个把月。渐渐地，王新兰开始进食了，脸色也好了起来，部队到达理番时，她已经能勉强坐起来了。

刚刚能下地，王新兰就拄着棍子，拖着红肿的双腿，紧紧地跟着队伍。王新兰人小腿短，别人走一步，她得走两步。她一边走一边在心里告诫自己：千万不能掉队，千万不能掉队！就这样，王新兰跟着队伍在长征路上跋涉。

病终于好了，王新兰又开始参加宣传队的工作，她的笑声再次出现在行进的队伍之中。

部队到达夹金山，宣传队的姑娘们衣衫单薄，寒风吹在身上像刀割一般。部队定于凌晨5时动身上山。宣传队必须提前到险要处搭宣传棚，因此王新兰她们提前一个小时就出发了。刚走到山脚下，她们就感受到了雪山的厉害。脚下的雪冻得硬邦邦的，每走一步，木棍戳在雪上都会发出咯咯的响声。越往上爬，空气越稀薄，呼吸越困难。她们在避风处迅速搭起宣传棚，冒着刺骨的寒风，不停地宣传动员着。手冻肿了、脸冻伤了，但她们没有一个人叫苦。经过的部队官兵不停地为她们鼓掌加油，在不知不觉中加快了登山的步伐。

6月，部队到达懋功，红一方面军和红四方面军胜利会师。稍作休整后，部队从毛儿盖出发进入草地。进入草地不久，所带的粮食就没有了。王新兰和其他红军战士一样，白天吃野菜，晚上没觉睡，因为到处都是水。

一天、两天、三天……她们在草地上走啊走啊……在行进的路途中，不时有倒下的战友。就这样，她们也不知道走了多少天，终于走到了草地的尽头。王新兰抑制不住眼里的泪水，与同伴们紧紧地拥抱在一起。

刚走出草地，张国焘公开和党中央搞分裂，下令红四方面军过草地南下。9月中旬，王新兰跟着部队二过草地。时值深秋，无衣无食，加上刚走过一次草地，部队已经疲惫不堪了。茫茫草地，似乎没有尽头，路旁不断增添着隆起的坟头。王新兰和几个小队员谁也不说话，只是闷闷地跟着部队走，心里的疑问却越来越大：为什么不跟中央北上，为什么又要过草地南下？

11月中旬，红四方面军在百丈地区与国民党军重兵激战，毙伤敌军10 000余人，但因自身伤亡过重，众寡悬殊，被迫撤出百丈，转入守势。参加了百丈之役战场救护的王新兰说，她之前没有看见过那么惨烈的战斗：红军和敌军相互扭结在一起，用手撕、用嘴咬，到处是死人，尸体摞在一起，纵横错列，触目惊心。王新兰和宣传队的同志一次次冲进硝烟里，把一批又一批伤员抬下来。由于王新兰在火线救护和宣传中表现突出，这年11月，她光荣地加入共青团，成为宣传队中年龄最小的团员。

1936年2月下旬，红军再次翻越夹金山、折多山等大雪山，于3月中旬到达道孚、炉霍、瞻化、甘孜一带。此时，部队已从南下时的8万人锐减到4万人。对张国焘的不满情绪在官兵中蔓延……

7月2日，红四方面军主力与红二、红六军团齐集甘孜。经过朱德、任弼时、贺龙、关向应等领导的努力，南下走到绝路的张国焘不得不同意北上与中央会合。

就这样，王新兰随红四方面军第三次走进草地。王新兰说："第三次过草地是最艰苦的一次，走到草地时，部队带的粮食都快吃光了。经过前两次草地行军，草地上能吃的野菜、草根也都挖光了。进入草地不久，不少人已经饿得上气不接下气，有时走着走着就看到身边的同志倒下了……"

10月，走过万水千山的红一、红二、红四方面军在甘肃胜利会师。至此，闻名中外的长征宣告结束。后来当记者采访，说王新兰是徒步走完长征全程的年龄最小的红军时，她笑了："当时我的年龄小，步子小，别人走一步，我得跑两三步，一天到晚总在不停地跑。别人走完了长征，我是跑完了长征。"

注：张国焘，1938年投靠国民党，被中国共产党开除党籍。

女红军粮秣队

"兵马未动，粮草先行"历来是兵家用兵的要诀，从某种意义上来说，后勤保障部队甚至比战斗部队更为重要。

长征途中的红四方面军粮秣队，除了队长，清一色的女红军。那时候一路行军，一路打仗，粮秣队就一路行军，一路保障。战场在哪里，她们就把粮食运送到哪里。在平原，还有骡马大车，可是在川北山区，崇山峻岭，粮食只能靠肩扛背背。红四方面军的粮秣队有300多人，最大的20来岁，最小的才十五六岁，她们当中有一些人还带着封建社会的强烈印记——小脚。她们背的军粮足有60多斤，甚至比一些女红军的体重还重。

剑门关有多高？从山顶上扔一块石头下去，你慢慢悠悠地点上一袋烟，抽完了，才能听见石头落到谷底的响声。当地的这个说法虽然夸张，但足以说明剑门关的高大艰险，所以有"打破剑门关，好比得四川"之说。粮秣队的女红军们在前卫部队的掩护下，贴着剑门关的石崖一步一步向上攀登。初夏时节，山顶上，女红军们都好像离太阳更近了，被晒得满头大汗，喘不过气来。

更大的考验在后头。下山到了半山腰的时候，粮秣队被敌人发现了。炮弹雨点般地打过来，训练有素的女红军迅速隐蔽在树林里。但是，还是有好几位姐妹负伤倒下了。她们身上的粮食立刻被战友们分开背，粮秣队的女红军把军粮看得比性命还重要，宁愿牺牲也不愿丢弃一两军粮。趁着敌人炮击的间隙，粮秣队跟在前卫部队的后面冲了出去。

夹金山，按照当地百姓的话说是座"妖山"。意思是，它说变脸就变脸，你不知道它什么时候发什么样的脾气。粮秣队是在中午时分来到夹金山脚下的。这时的天空像一个蒸笼，太阳就是蒸笼下面的烈火，烤得大家大汗淋漓，嘴干得冒烟。可是她们还没有爬到半山腰，突然狂风大作，风卷着雪粒打在脸上，像刀割一样。女红军们用手捂着脸，挡住雪粒，顶着狂风往山上爬。空气越来越稀薄，呼吸越来越困难，爬到山腰时，突然间浓雾盖地，豆大的冰雹劈头盖脸地打下来。粮秣队的女红军都只穿着破旧的单衣，经过长途跋涉，脚裂开一条一条的血口，冻麻木了，不听使唤，好像不属于自己的身体，再加上背了60多斤的军粮，她们使出全身力气才能迈出一步。黄昏时分，粮秣队终于爬上了雪山山顶。这时候又飘起了鹅毛大雪，单薄的军装被汗水、雪水湿透了，有的地方还结了冰。山上的雪足有一尺多深，每走一步都要使出浑身的力气。女红军战士叶冰只有16岁，是粮秣队最小的两个女红军之一，她从没爬过那么高的山。站在雪山之巅，云彩像雪白雪白的棉絮，厚厚地飘动在脚下，满天飞舞的鹅毛大雪，挡不住西边一轮昏黄的夕阳。叶冰几乎要欢呼起来："我们上天了，我们站在云彩上边啦！"

粮秣队的女红军都是年轻姑娘，在艰苦的岁月里，为寻找欢乐，她们自编了不少爬山的顺口溜。这些顺口溜不但是爬山的技巧和注意事项，而且是枯燥行军中的一种娱乐。拐弯的时候，前边的人喊"慢转十字拐"，后面的应"前摆后不摆"；下慢坡时，前呼"洋洋坡"，后应"慢慢坡"；登陡岭时，前呼"陡上又加陡"，后应"越陡越好走"；走平路时，同志们高兴了，前呼"平阳大坝"，后应"扯起两下"（快走的意思）。战斗部队听见粮秣队的喊声，也感到又热闹又精神，忘记了疲倦。

妇女粮秣队中最艰苦的是伙夫班。伙夫班的班长叫胡桂英，粮秣队数她年龄大，每个人都叫她胡姐。在行军中，伙夫班和粮秣队其他的女红军一样背军粮。宿营的时候，粮秣队休息，伙夫班的姐妹们开始挖灶、架锅、挑水、做饭。战友们吃完饭休息，她们还要准备第二天的早饭。伙夫班有一口大铜锅，那是粮秣队的宝贝，都是班长胡桂英背着。遇到敌机轰炸，她不是自己卧倒，用锅做掩护，而是伏在铜锅上，用身体掩护铜锅。一个外号叫"虱子"的小姐妹对胡桂英说："胡姐，你真傻，你不藏在锅下面，却趴在锅上面，你的肉能赛过铜吗？"胡姐说："小鬼，把锅打破了，你吃个啥子嘛。"一句话逗得姐妹们哈哈大笑。

妇女粮秣队的女红军战士叶冰，在给她的后辈们讲这段故事的时候已经年近九旬。讲到胡姐，叶老动了感情，说："我们也许只有在当时那种环境下才笑得出来，现在我是无论如何也笑不出来的，我直想哭。"

叶冰老人的眼圈红了……

"负伤"的邓六金

太阳有气无力地悬挂在天上，红军女子救护队在太阳底下行进着。重伤员躺在担架上，轻伤员由女红军们搀扶着，他们走得很慢。女红军邓六金是个忙碌的人：抬担架的民夫累了，她就上去替换一阵；伤员的伤口出血了，她就帮他们包扎；有的伤员实在走不动了，她就架着伤员走。

前面忽然出现了一座光秃秃的山坡，邓六金打了个"激灵"：这个山坡没有一点儿隐蔽物，要是被敌机发现了，就成了活靶子！邓六金大声喊起来："同志们，再坚持一下，过了山坡就是胜利。"邓六金年龄小，个子小，声音却很洪亮。队伍在她的动员下加快了行动，很快登上了山坡。怕什么来什么，就在要爬上山顶的时候，敌人的飞机出现了。敌机很快就发现这是一支毫无抵抗力的红军队伍。敌机超低空飞行时，红军都能看见飞行员脸上残酷的笑。邓六金赶紧指挥大家卧倒。炸弹呼啸着落了下来，弹片四飞，硝烟弥漫。一阵轰炸以后，敌机走了，救护队里又增加了几个伤员、几名烈士。邓六金赶紧组织大家通过这个死亡地带。一个民夫被炸死了，只剩下另一个民夫看着担架上的伤员干着急。邓六金不由分说，和那个民夫一起抬起担架向前跑。连续几天行军作战，没有吃一顿像样的饭，邓六金的身体已经相当虚弱，越往上爬，山坡越陡，担架越来越沉。邓六金把担架放到肩膀上，跪着爬行，膝盖磨破了，肩膀磨出了血，她仍然坚持着。她知道不能停下来，脱离了大部队就会更加危险。

这座山，真是个"阴阳山"，山这边寸草不生，山那边树木葱茏。好不容易下了山，邓六金再也坚持不住了，哇地吐出了一口鲜血。民夫说："这不是女人干的，还是找个男人来吧。"救护队里，除了伤病员就是女红军，民夫们一个萝卜一个坑，上哪儿去找个男人来？邓六金说："我没事。"伤员也让邓六金放下他，邓六金说："有扔下战友不管的红军吗？"

赤水河到了，水流湍急，河上只有一座摇摇晃晃的浮桥，人根本无法站立，更不用说抬担架了。邓六金和战友们就扔下背包，背起伤员，在浮桥上一步一步地爬行。

过了赤水河，伤员被医院接走了，邓六金她们才松了一口气。

南方河多，走着走着，邓六金的面前又出现了一条小河。在河边，邓六金犹豫了一下。河很宽，但是水浅，没桥，邓六金跟在红军队伍后面，走进了河水。河水有齐腰深，很清澈，甚至能看见河底下的石头。走在邓六金身边的一个红军小战士看到鲜血从邓六金的裤管里流出来，把河水都染红了。红军小战士惊叫起来："邓六金，你挂花了！"邓六金说："我没事。"小战士拉着邓六金就往背上背，说："你负伤了，我背你。"邓六金推开小战士的手说："我没负伤。"小战士疑惑地问："那你的血……"邓六金说："你不懂，这是我们女同志的事。"

小战士不懂。他太小，只有十三四岁的样子，他挠了挠后脑勺，他不明白女同志有什么事，没有负伤也流血。但是他知道，每一个红军女战士在长征中付出的要更多更多……

死不了

在李文英的一生中,有很多次死神找到了她,她也找过死神很多次,可就是"死不了"。

1917年出生的李文英在12岁时就被送给人家当童养媳,倔强的李文英不去,趁着家里没人,她在树上拴了根绳子上吊,可她人小,不会挽绳扣,就是吊不死。她又去跳河,那个水塘很深,会水的汉子稍不留神都能淹死,更别说她是一个"小旱鸭子"。那个水塘位置也很偏,中午时分,狗都不从塘边过。她就这样走进了水塘,慢慢地,水淹过了胸脯,没了头顶,她呛了两口水,直到自己在水上漂着的只有黄黄的头发。很快,她失去了知觉……她醒来的时候是在水塘边,趴在一口大铁锅上,嘴像一根水管子向外流着脏水,她被人救了。原来有一户人家的羊跑了,主人找羊,无意中来到了这个野狗都不会路过的水塘。

但是,李文英决心死,她小小年纪也知道寻死是做快速了断,而做童养媳是慢性死亡。阻止她自杀的是红军。她去赶集,遇到了正在"扩红"的女红军战士,她明白了只有革命才能改变妇女的命运,于是剪短了头发,成为红四方面军妇女独立团的一名女战士。

16岁的她又瘦又矮，大伙都叫她"干豇豆"。

长征很苦，但李文英几乎是唱着歌爬过雪山、走过草地的。在家乡，虽然缺吃少穿难以度日，但是比起长征中连野草也吃不上的日子，要好过不知道多少倍。但在家的日子里，是挣扎着活命；长征虽苦，却是革敌人的命。所以，即使饿得抬不动脚，她都把仅有的力量凝结为笑容，因为革命的前景是无限光明的。

红四方面军第二次翻越有"万年雪山"之称的党岭山的时候，李文英已经有了经验。她手里拄着木棍，走一步，就用木棍在积雪里使劲地戳。戳不动说明下面是厚冰层，就能走过去；戳空了，可能是冰缝隙，那就得绕着走。李文英还发明了数步子的办法，她和姐妹们走一步数一步，数到100步就停下来喘口气，接着再数100步。100步坚持不下去了，就改数50步，再改为30步、20步。走不动了就互相拉扯着走，决不能坐下来，有好多战友就是往雪地上一坐，再也站不起来了，长眠在皑皑雪山上。

李文英和战友们是下午3点多钟登上雪山之巅的。没有吃的，连能喝的水也没有。大家不敢坐下，就抱成一团，既互相取暖，也是休息。在连阳光也是惨白的雪白的世界里，李文英忽然发现山角上居然长着一簇野草，那野草绿油油的，馋得人直咽唾沫。山角不高，但是很陡峭。李文英要去把野草采下来，战友们不同意，说太危险。李文英说她从小就和山打交道，爬这么点山崖没问题，再说，她个子最小，身体最轻，灵活。李文英沿着满是积雪的山崖慢慢往上爬，野草就在眼前了。她先是揪了几片叶子，放在嘴里慢慢地嚼，酸酸的，还有点甜，停了一会儿，没有异样的感觉，她这才放心。野草的根扎得很深，她一使劲，野草被连根拔起，她也一下子从山崖上摔了下来。命运之神又一次眷顾了她,她摔落在一个三米多深的冰缝里,手里还紧紧地攥着那簇野草。战友们把绑腿解下来,连接在一起,把她拉了上来。

夜晚,一座光秃秃的荒山上,李文英和战友们抱着枪,背靠背坐在乱石上。月亮洒下惨白的光,照见了山腰上、山脚下无数西路军红军烈士的遗体。马匪在山下点起了一堆堆篝火,吃着肉,喝着酒,不时地往山上放几下冷枪。在马匪们的眼里,山上的红军战士就是一群受了伤的羔羊,他们就等天明冲上山去,把羔羊杀光捉净。李文英她们确实陷入了绝境,她们有枪,但是一发子弹都没有,不要说和敌人拼命了,就连结束自己生命的本钱都没有。主力部队突围的时候,给她们每人留下三块大洋或者一块烟土,但李文英什么都没要。

第二天天一亮，敌人就发起了进攻。毫无反抗能力的李文英和战友们慢慢地向山上退却，但她们马上陷入了绝境：面前是悬崖峭壁。大家在悬崖边上停下来。敌人怪叫着包围上来，李文英是班长，她首先把自己的武器砸烂，对战友们说："同志们，考验我们的时候到了，红军战士宁死不当俘虏！"她带头跳下悬崖，战友们纷纷跟着她跳了下去。马匪冲上来了，没看到一个红军战士，地上只有一堆砸烂了的枪支。

跳下悬崖的李文英没有摔死，她醒来的时候发现自己已经做了马匪的俘虏，和100多名被俘女红军关押在一起。她们受尽了敌人的折磨。

8月的一天早晨，马匪把李文英和100多名女红军战俘押到师部大院，马匪头目说："国共合作了，要分批释放她们，由副官宣布第一批获释名单。"点到名字的女红军从队列里走了出来，李文英是其中的一个。突然，马匪头目从口袋里掏出一把纸球猛地往空中一抛，院子里的马匪顿时乱成一团，玩命地抢纸球。原来，这是马匪头目给部下发"战利品"，抢到纸球的人就可以领走一个女战俘做老婆。李文英被一个"县参议"带回了家，她从房间里找到一把剪刀，举着剪刀对喝得醉醺醺的"县参议"说："你别过来！""县参议"嬉皮笑脸地说："我过去，你就死给我看？"李文英说："你过来，我让你死给我看！"李文英握着剪刀扑过来，"县参议"的酒都吓醒了。

李文英几乎是大摇大摆从"县参议"的家里逃走的，因为"县参议"实在不愿意家里有一个玩命的女红军。李文英逃出了虎狼之窝，走上了寻找共产党、寻找红军的艰难之旅。

生命涅槃

红军大部队像一条蜿蜒的长龙，向老山界开进，前望不到头，后看不到尾。一个肚子很大的女红军，行走在队伍里。她的肚子一直在疼，是腹中的新生命渴望来到这个世界的最后的躁动，但她只能忍着，一步不停地紧紧跟着队伍。

她叫曾玉，严格地说她是一名编外的红军。红军长征开始的时候，组织上严格规定，凡是怀孕的女同志一律就地安置，何况曾玉已经临产。但曾玉坚决不留下，她向组织表示，即使作为编外人员，也要跟随大部队一块儿行动。什么是编外人员？就是没有编制，也没有给养，口粮、被子、服装，什么都没有，但她坚决地跟上来了。蔡畅、邓颖超、贺子珍等大姐，分出自己的口粮给她吃，匀出一些衣被给她用。

走着走着，曾玉的头上沁出了豆大的汗珠，她用手捂着肚子，脚步也放慢了。钱希均一直和曾玉同行，一路上照顾着她。看她这个样子，钱希均关切地问："曾玉，你怎么了？"

曾玉咬着嘴唇说："希均，我肚子疼得要命，怕是要生了，你想办法帮我弄一些草纸。"

钱希均安慰她说："你别着急，我去想办法。"

钱希均跑步去找了连长侯政，虽然曾玉是编外人员，但她是自己的同志，一路上侯政也是尽量地照顾她。侯政立即叫来一副担架，让曾玉躺到上面。刚走了几步，敌人突然来袭，民夫扔下担架跑了。没有人抬担架，大家只好把曾玉扶到马背上走。山路不平，马忽高忽低地颠簸着，曾玉的胎内羊水很快破裂了。大家看她实在不能骑马了，只好把她扶下马来，让两个年轻的女战士架着她走。

走着走着，曾玉的身子往下一沉，鲜血顺着裤腿流了下来。婴儿的头已经出了产道，三个女战士，两个架着她，一个托着婴儿的头，一步一个血印寻找僻静之处。山路上无遮无挡，实在不是个生孩子的地方。钱希均忙前忙后就是找不到一张草纸，实在没有办法，抱了一包稻草回来，一个新生命就诞生在这把稻草上。曾玉抱着孩子，给孩子喂了第一口乳汁。两个小时以后，部队就要出发，这是一条漫漫长征路，曾玉不可能带着婴儿走完。部队出发前，她把婴儿放到稻草上，脱下单薄破旧的军装盖在婴儿的身上。

曾玉走了，随着大部队出发了。她不敢回头，努力不让自己哭出声来，把嘴唇咬出了牙印。初生的婴儿不知道这个世界到底发生了什么，他用响亮的啼哭寻找答案、寻找母亲。他摇动着的小手撕扯着每一个红军战士的心。这是一个弱小的、无辜的生命，这个世界送给他的第一份礼物就是残酷和牺牲，他用不懈的啼哭反抗着不公的社会，向往着生命的涅槃。

歌声疗法

"我怎么了？"

陈康醒来的时候问自己。这是一个深夜，天上挂着闪亮的星星，空气里飘动着潮湿而又清新的野外气息。他发现自己躺着，有节奏地晃动着。他没有睁开眼睛，而是努力回忆着到底发生了什么事。他的思绪像漫无目的的手在天空里抓挠着，终于，他想起来了。他和他的部队参加了攻打麻城的战斗，他领着战友们冲锋，突然，一颗子弹飞来，他的腿负伤了，他倒在了地上。红军战士死也要向前倒，他无法行走，就向敌人阵地爬，追随着向前冲锋的战友，他的身后留下了一条长长的血迹……后来他就什么也不知道了。

陈康吃力地睁开眼睛，发现自己躺在担架上，两个红军战士抬着他，还有两个红军战士一边一个，陈康想这是轮班的。

红军战士看到陈康睁开了眼睛，惊喜地说："他醒了！"声音又尖又细。陈康一愣，怎么是个女娃子？另一个红军战士说："同志，你可吓死我们了，流了那么多的血，一直昏迷不醒。"又是一个女娃子！抬担架的一个红军战士说："刘班长，给他喂点水吧。"刘班长说:"不行,伤员不能喝凉水。"四个人都开口说话了,陈康才知道她们都是女兵。陈康想说话,可一个字也吐不出来,想动,可浑身不听使唤。刘班长看出了他的心思,说:"同志,你别动,你腿上的伤好不容易才止住血。"

陈康又闭上了眼睛。四个女兵轮流抬着他,到了天亮,她们找了一个山洞,把陈康抬进去,放到最里边。陈康知道,这还是敌占区,女兵们要昼宿夜行。她们捡柴火的捡柴火,找水的找水。不一会儿,就用石头支起了小灶台,把一个铜盆放在灶台上,点起了火,烧起了水。陈康看清楚了,她们四个都不超过20岁,两个稍高一些,两个稍矮一些,那个刘班长圆圆的脸,不笑都有两个小酒窝。

水开了,刘班长用茶缸舀了半下,折了根树枝,一边搅一边用嘴吹。然后她尝了一口,直到确定不烫人了,才把茶缸放到陈康嘴边,说:"同志,渴坏了吧?"陈康一口气就把缸子里的水喝完了。刘班长又把干粮弄碎了,放到开水里搅成糊状,喂陈康吃了,她们几个也就着开水吃了点干粮。山洞很小,被陈康和他的担架占据了一半,四个女兵就靠着洞口睡了,刘班长在最外面,算是哨兵。她们太累了,不一会儿,就打起了轻轻的鼾声。陈康没有睡,睁眼看着洞口,耳朵里听着外面的动静。

天黑了,吃了晚饭,她们又抬起担架上路了。

月亮出来了,漫天星星眨着眼。刘班长抬着担架的后头,陈康躺在担架上可以清楚地看到她的脸。他越看刘班长越觉得像一个人,是谁呢?刘班长脸上的汗水流着,额角的一绺头发被汗水粘在了脸上……满妹,她就是我的满妹呀!兄妹八个的陈康有个满妹,也是圆圆的脸庞两个小酒窝,满妹背着打来的柴走在山路上的时候也是这个样子，汗水把刘海粘在额头上，她也顾不得擦汗。

刘班长看陈康盯着她看，以为陈康要解手，问："同志，你是不是有事？"

陈康的眼里流出了泪水。

刘班长慌了，赶紧放下担架，说："同志，你伤口疼吧？忍着点儿，我们没有药，也没法给你换药，再过四五天，到了后方医院就好了。"

陈康使劲点头。

担架又上路了。刘班长说："同志，我们没有药，给你唱支歌吧。我们小丁同志的嗓子可好呢。你一听歌，就会忘记伤口疼的。"

小丁小声地唱起了《红军阿哥你慢慢走》："红军阿哥你慢慢走嘞哎，小心路上就有石头，碰到阿哥的脚趾头，疼在老妹的心啊头……"

小丁的嗓子确实甜美，她一带头，四个女兵就一起唱起来："啊呀来哎，红军阿哥你慢慢走嘞，红军阿哥你慢慢走嘞……"

因为怕附近有敌人活动，她们不敢大声唱。唱完了《红军阿哥你慢慢走》，接着又唱《送郎当红军》："当兵就要当红军，同志哥——英勇杀敌为工农……"

这些"扩红"时候的歌曲，陈康太熟悉了，也禁不住唱了起来："哎呀嘞——斧头不怕药丝柴，红军不怕反动派。粉碎敌人大'围剿'，同志妹——铁打红军练出来。"

刘班长高兴地说："同志，就这样唱，唱了就不累了，不疼了。"

天说变就变，刚才还满天星斗，突然间漆黑一片，随着几声闷雷，瓢泼大雨倾盆而下。在雷鸣闪电、急风暴雨中，四个女兵索性放开嗓门唱:"哎呀嘞——对河一兜幸福桃,要想摘桃先搭桥。受苦穷人要翻身,同志哥——快当红军打土豪。"

陈康大声吼唱:"哎呀嘞——十月金秋别红都,全军依恋赴征途,北上抗日保家园,同志哥——气壮山河万民呼。"

雷越响,雨越大,陈康和四个女兵合唱:"哎呀嘞——亲人道旁送亲人,杀敌心胜惜别心,此去何时归故土?同志哥(妹)——凯歌万里传佳音。"

一路行程一路歌,唱完了红歌唱情歌,唱完了情歌唱现编的歌。第六天,他们来到了后方医院。

陈康是被女战士扶着进去的。

医生查看了陈康的伤势,诧异地问:"你的枪伤都收口了,用的什么特效药?"

陈康说:"唱歌。"

医生问:"唱歌?"

陈康说:"唱歌。歌声疗法。"

坚守秘密的女红军

这是一个朔风凛冽的冬日，寒风无情地敲打着窗棂。

此刻，陆定一的内心比大自然的气候还要寒冷。陆定一刚刚得知，他的爱妻唐义贞被国民党反动派残忍地杀害了。噩耗仿佛晴天霹雳，险些将他击倒。他平静了一下思绪，将满腔的痛苦和悲愤之情集聚笔端，奋笔疾书：结婚仅五年，分别却四次；再见已无期，唯有心相知。

这是陆定一和唐义贞真情相爱的真实写照，更表达了他对爱妻的无限思恋之情。

陆定一推开窗户，任寒风抽打他挂满泪痕的面颊。凭窗南望，爱妻的倩影翩翩飘进他的视野……

陆定一和唐义贞相识于莫斯科，共同的理想和志趣使得他们手相牵、心相连，不久就结为革命伴侣，在革命的风雨中携手向前。

陆定一永远忘不了在他遭受不白之冤的时候，爱妻给予他的关爱和鼓励。在他的心目中，爱妻永远是他人生可以停靠的港湾，是能够随时为他生命充氧的绿洲。

1932年冬天，由于叛徒的出卖，共青团中央机关在上海遭到敌人的破坏。在这次事件中，三名赴上海向团中央报告工作的苏区代表失踪。两个月后，侥幸脱逃的陆定一辗转来到中央苏区。令他万万没有想到的是，他刚刚进入汀州就被当成坏分子抓了起来，押送到劳工营劳动改造。他此前并不知道，就在前不久，由于受"左"的路线影响，共青团中央在不明真相的情况下，草率做出一项决议，说在这次事件中，"陆定一知道党的机关不去通知，致使三个苏区代表失踪""他从机关离开时并不将党的文件拿走，只拿走私人的物件，完全暴露了他的张皇失措""党中央决定开除他的党籍并对他进行审查"。

无端蒙受不白之冤，陆定一有口难辩，思想上痛苦万分。当时在卫生材料厂担任厂长的唐义贞得悉这一情况后，当即决定去汀州看望陆定一。

她在当地一位老乡的陪伴下，晓行夜宿，翻山越岭走了三天，才从瑞金赶到汀州。想见一名"坏分子"，谈何容易？唐义贞一次次找有关领导求情，费了不少周折，总算在劳工营见到了陆定一。见面时，唐义贞一句"我相信你是党的好战士"，感动得陆定一热泪盈眶。此后，唐义贞又多次到劳工营看望丈夫，用妻子的柔情温暖着丈夫饱受折磨的心。她安慰丈夫说："清者自清，浊者自浊。少数人难以一手遮天，相信时间会还给你清白的……"

正如唐义贞所说的那样，不久，事实就证明了陆定一的清白。三名"失踪"的苏区代表经过半年的辗转，先后回到了中央苏区和鄂豫皖苏区，他们向党组织报告了团中央机关被敌人破坏的真实情况，证明陆定一的表现是坚定勇敢的。陆定一的冤情终于得到洗刷，他被恢复了党籍，并进入中央苏区首府瑞金，担任中革军委总政治部宣传部部长。

获得政治上的新生，陆定一万分感激妻子。他将爱妻紧紧搂在怀里，在心里默默地说：谢谢你，爱妻，在我最困难的时期，是你的鼓励、关心，是你忠贞不渝的爱情，使我树立起信心，走出痛苦的"沼泽地"。

红军第五次反"围剿"失败后，中国革命到了最危险的关头。1934年10月，党中央决定实施西进战略转移。而在这个时候，唐义贞即将分娩。按说，这是人生的一大喜事，然而，陆定一夫妇心中只有愁没有喜。因为怀孕的女同志不能跟随中央红军西征，必须留在苏区打游击。唐义贞被确定留守。这不但意味着夫妻长期分别，而且战时环境恶劣，极有可能使分别成为诀别！陆定一心中万分痛苦，后悔让爱妻怀上孩子。

无论陆定一心中是如何的痛楚不舍，现实都是不可改变的，唐义贞还是被留在了中央苏区。

1935年1月初，留守部队转移到长汀县圭田山区时，唐义贞生下了一名男婴。按照夫妻俩在瑞金分别时的约定，孩子取名为陆小定。

主力红军转移后，国民党军队加紧了对各个红军游击区的"搜剿"，采用"铁桶阵""篦梳式"等方式，将红军游击区越压越小。圭田山是一座小山，方圆只有一二十里的范围，山里人烟稀少，供应极为困难。转移到这里的200多名红军比山里的群众还要多，粮食日渐紧缺，每天能喝上两顿稀粥就不错了。在这样的情形下喂养一个婴孩，困难可想而知。由于缺乏营养，唐义贞奶水不足，只有用米汤煮红薯喂给婴儿吃。让唐义贞更为揪心的是，部队一天不知道要转移几次，自己带着嗷嗷待哺的小定，很可能要拖大家的后腿。反复思虑之后，唐义贞含泪将婴儿交给山里的贫苦农民范其标夫妇喂养。

敌人的包围圈越来越小。眼看着在圭田山区待不下去了，红军游击队就撕开一个口子突围出来。敌人一路紧追不舍，队伍多次被打散，许多同志光荣牺牲，人员越来越少，最后连唐义贞在内一共只剩下八个人。

1935年1月底，游击队员转移到下赖村。谁知，他们进村不到一个钟头，村庄就被敌军围住。敌人逐家逐户地进行搜查，发现了唐义贞。敌人从唐义贞的穿着和相貌特征中，看出她是红军。敌军连长凶恶地说："她是红军，快把她绑起来！"这时，唐义贞猛然记起衣袋里还有一张纸条，上面画的是下一站的会合地点，如果落到敌人手里，下一站的同志将难逃被捕的厄运。想到这里，她迅速掏出纸条塞进嘴里，来不及嚼碎便吞咽下去。

"看，这个女红军不知道吞下了什么东西？"一个敌兵发现了，立刻叫喊起来。"快，快卡住她的喉咙！"两个敌兵赶紧上来卡住唐义贞的脖子，残忍地掰开唐义贞的嘴往外抠。敌军连长知道唐义贞吞下去的肯定是机密的东西，大叫着要唐义贞招供。任凭敌人用柴棍打，用皮带抽，唐义贞就是不回答。这时候，敌团长闻听报告后赶来了，这个恶狼更加凶残，立即下令："给她开膛剖腹，把东西给我挖出来！"

随后，惨绝人寰的一幕上演了。敌人用刀子残忍地切开了唐义贞的喉管和腹部，却只从她的肠胃中翻找出一些模糊不清的烂纸片。

唐义贞，多么坚强的红军女战士，她用自己的生命实现了对共产主义事业的无限忠诚！

腊子口的女守护神

太阳升起来的时候，战斗打响了。

参加战斗的是红军妇女独立团的一个连，清一色的女战士，战场是在天险腊子口。崇山峻岭中的腊子口有一条河流，汹涌澎湃的河水上，横架着一座孤零零的独木桥，这是通过腊子口的必经之路。敌人在木桥、山口和山坡上布置了一个营的兵力。在女红军连的背后，还有敌人的100多名骑兵。女红军连的任务是打通独木桥的通道，掩护红军总卫生部500多名伤病员安全通过。

战斗从第一声枪响就异常惨烈。女战士们兵分三路，连长向翠华带着一个排主攻，指导员刘桂兰带着一个排掩护伤病员通过独木桥，副连长谭怀明带着一个排断后，抗击敌人尾追的骑兵。女红军连武器落后、子弹奇缺，决定采取强攻猛攻、速战速决的打法。主攻排的女红军们身背钢刀，手握步枪，悄悄地从侧翼迂回，向敌人的主阵地发起突然攻击。突如其来的战斗把敌人打蒙了，他们以为遇到了红军的主力部队，来不及应战就仓皇溃退。指导员刘桂兰和战友们迅速掩护红军伤病员通过独木桥。

副连长谭怀明带领的一个排遭遇了敌人凶残的骑兵，他们疯了似的向红军阵地冲过来，红军打退了一批还有一批。谭怀明明白，如果让敌人突破了阵地，那么红军的500多个毫无反抗能力的伤病员将危在旦夕。多顶住敌人一分钟，伤病员们就少一分危险，她们用身体筑起了500多名伤病员的生命屏障。几个回合之后，敌人冲上了阵地。短兵相接，敌人才发现阻击他们的竟是几十个女兵。但是他们没有想到，红军女战士和男战士一样充满了顽强的斗志。双方开始拼杀起来，谭怀明一枪刺倒一个敌人，另一个骑兵向她冲了过来。她感到一阵白森森的亮光，下意识地一闪，敌人的刺刀刺向了她的右额，鲜血流了下来，她顺手一枪，把敌人刺下马来。子弹已经打完了，枪刺刺弯了，谭怀明一声令下，女战士们扔下枪，一起抽出背上的大砍刀，向敌人扑去。

谭怀明的大刀拴着红绸布，大刀如闪电，红绸似烈火，她奋力挥舞着，记不清砍杀了多少敌人。而她自己被刺中了肋骨，昏死过去。

尸体、血迹、死马、卷了刃的大刀……阵地上，一片凄绝的情景。敌人与其说是被打退了，不如说是被女红军们宁死不屈的气势吓退了。谭怀明奇迹般地苏醒过来，发现还有十几位活着的战友。由于她们的殊死抗击，红军500多名伤病员全部安全地通过了天险腊子口。但是，红军付出的代价也是惨重的，70多名女红军战士永远地长眠在了阵地上。她们当中很多人，甚至连名字都没有留下。但历史会记住她们——天险腊子口的女守护神。

冰封金刚台

　　金刚台坐落在皖西，纵横百十里，这里山高林深，崖峭路险，有七十二洞散布在各陡崖沟壑之中。由于敌人到处移民并村，残酷屠杀革命者和无辜的群众，坚持皖西革命斗争的党政机关人员便纷纷转移到金刚台上。赤南县委书记张泽礼把女干部、红军家属、老弱病残及小孩共40余人，编为一个妇女排，袁翠明任排长，县委委员史玉清分工抓妇女排工作。

　　一天下午，史玉清和老肖、夏丛贵到敌区西河买粮食，便衣队员曾少甫的儿子"小团长"（外号）也跟着下了山。因为天还比较早，他们不敢马上去河西，就在河沟里休息。"小团长"一看到清清的河水，就欢天喜地地在河里玩起来，无忧无虑地在河边捉螃蟹。这时，小河的对岸突然出现了一大群敌人，前队离他们只有几十丈远，敌人又来搜山了。史玉清灵机一动，大喊一声："团长！"敌人一听到喊团长，误以为山上有埋伏，吓得就像掉了魂似的，嘴里嚷着"红军，有红军"，一窝蜂地向后退了好远。

　　史玉清他们利用这点时间把"小团长"从河里拉了上来。老肖提起左轮枪沿东河跑去，想把敌人引走，但目的并没有达到。狡猾的敌人只派了少数人追踪老肖，多数敌人听山上没有动静，就一拥而上，将妇女排包围起来。

天黑了，敌人闹不清山上是否还有红军的便衣队，不敢夜间搜山，只是紧紧地守在沟外面，听到哪里有动静，就立即向哪里放枪。夜越来越深了，他们心急如焚，天亮以前不突围出去的话就会被敌人完全包围。便衣队都在敌后活动，妇女排手无寸铁，难以对付全副武装的敌人，万一这些同志受损失，他们该如何交代呢？史玉清和袁翠明召开了紧急会议，研究如何突围出去。这时一阵夜风吹得满山的树叶哗哗直响，敌人就乒乒乓乓地放起枪来，漫山遍野像放鞭炮似的。这时候有几名同志灵机一动，说："有了，你们看敌人打了这么多枪，为什么打不着我们一个呢？因为山上树林密，子弹都被树挡住了。如果擦着地皮向外突围，敌人就难以阻挡。"大家觉得这个办法可行。他们把妇女排分成若干个小组，指定了各小组组长，进行分散突围，这样目标小，便于行动；又规定了集合地点，如敌情有变化就到另一个集合点集合，集合地点只有组长知道。半夜时分，各小组分别向敌人的包围圈悄悄爬去。

敌人的子弹打得树叶纷纷掉落，他们冒着生命危险不断向外爬行，终于在拂晓前逃脱了这路敌人的包围。但刚翻过一道山沟，又被另一路敌人发现，他们被包围了起来。敌人排着队进行搜山，一个个端着枪，像恶狼一样向他们扑来。妇女排一无枪，二无炮，只好与敌人在大山里周旋。

发现他们没有武器后，一个敌军军官哈哈大笑，得意扬扬地叫道："弟兄们，不要打枪，捉活的，谁抓住这些娘儿们，就给谁做老婆，要大洋赏大洋，要升官就升官。"当兵的一听这个命令，真的就不打枪了。漫山遍野的敌人像疯狗似的向他们扑来。别看他们大都是些妇女，穿起山林来，敌人却赶不上，在后面累得干哼哼。妇女排连口凉水都喝不上，又渴又饿，累得筋疲力尽。当天下午，林维先的爱人何道清因为缠了小脚，加上小女孩拖累，被敌人抓去了；县委委员陆化红五个月的男孩也落入敌人之手。太阳落山时，其他人集合转移到另一座山上隐蔽，暂时避开了敌人。

　　在敌人搜山的第五天，史玉清和陈宜清等四个人被敌人冲散，与妇女排失去了联系。途中史玉清又打摆子，烧得满嘴都是泡。到了搜山的第十一天，她连病带饿，一点儿力气也没有了。史玉清怕姐妹们受连累，说："宜清姐，我实在爬不动了，你们三个先走吧，不要管我了。"她们说什么也不肯离开。"死，死在一块；活，活在一起。"在姐妹们的鼓舞下，史玉清忍着疾病的痛苦，和她们一起隐蔽。这天她们走到半山腰，都走不动了，就在几丈高的悬崖上的石缝里隐蔽。太阳当空时，她们发现对面山路上有敌人飞快地向她们包抄过来。一扭头，不好，头顶上也来了敌人。她们不顾一切，一下子从几丈高的光石板上溜了下去，十几个敌人吼叫着追下来。史玉清连声喊道："快！快分头跑，跑出一个是一个。"她攀着树枝跳到一个敌人想不到的乱石丛中。刚躲了一会儿，就听到敌人的喝问声："臭娘们！你们不是四个人吗？那一个到哪里去了？""我们就是三个人。"这是陈宜清她们的声音。原来她们从石板上溜下去后，就往沟下突围，被一个一眼望不到底的深水潭挡住了去路，还没转过身来，敌人就已冲到眼前了，就这样，陈宜清三人落入敌人之手。没隔一会儿，山沟里又传来粗野的叫骂声："你们几个人？""就是我一个人！"这是一个老头的声音。"胡说，还有一个大姑娘、大辫子到哪儿去了？""没有，就是我一个人。要杀就杀，就是我一个人！"顿时听到一声高喊："共产党万岁！"紧接着砰砰两枪，这个老人就壮烈牺牲了。

夜很寂静。山林深处偶尔传来野兽的号叫声，使人毛骨悚然。史玉清怀着沉重不安的心情，爬出乱石丛，在山沟里发现了一具尸体。夜色灰蒙蒙的，看不清是谁。她用手摸到一双粗糙的大脚，断定是一名男同志，是自己的同志牺牲了。这时她只有仇恨，没有眼泪，怀着对敌人的满腔怒火，她捧了几捧沙，洒在死者的身上，尽点心意。

往上走没多远，又发现了一条黑影子，莫非又是一具尸体？她一边想，一边向前走去，原来是床破被单。她的眼泪大滴大滴往下掉，山沟下牺牲的不是别人，是妇女排的红军家属老李。

老李60多岁了，老伴死得早，儿子当红军长征去了。这床破被子是打土豪时，组织上照顾他的，史玉清还亲手打了几个补丁。老李走了，她拾起被子痛苦极了。几天来除了喝一点儿凉水外，她没有吃过一点儿东西。她四肢无力，手拉着茅草、小树爬上了另一座山，趁天还未亮，就想在草棵里睡一会儿。但是想到被杀、被抓、失散的战友，她就怎么也睡不着了，该死的山老鼠还在她身上跑来跑去。林中的鸟儿在鸣叫，天快亮了，她又转移到树林茂密的大山沟里隐蔽。山上乌鸦很多，一群几百只，它们在山上靠吃死去的野兽或死人过日子。她躲进树林不到一小时，就被一群乌鸦发现了，几百只乌鸦低飞狂叫。它们以为她是死人。当它们低飞离她几尺高时，她就起来动一动，她怕敌人从这些该死的乌鸦叫声中找到目标，便赶紧转移到另一个山林里隐蔽。但它们的嗅觉特别灵敏，她转移到哪里，它们就跟到哪里。就这样，她和乌鸦周旋了一天。

太阳快落山时，她向山上走去。上山途中，她发现一棵杨桃，由于十几天没有吃东西，此时她又渴又饿，水灵灵的杨桃真是一顿美餐。她把杨桃摘下来，用破被单包起来，准备带给妇女排的同志们吃。在山头上观察了一会儿，未发现敌人，这时天已快黑了，她背着杨桃包向沟下寻找妇女排。到了沟底她觉得全身发冷，头疼得很厉害，可能又是疟疾发了，实在支撑不住了，她就在沟里的石板上休息。这时突然听到沟底下有人在说话，而且声音很熟，好像是老肖和曾少甫。一阵喜悦涌上心头，她不由得脱口而出，喊了一声："老肖！老曾！"他们俩听到喊声，向她跑来，把她扶出草丛。她问同志们还有多少人在，他们说大多数人都还在。这时她不由得想到老李和陈宜清等同志，控制不住内心的难过，泪水夺眶而出。

妇女排还有30多人，他们的衣服被刮破了，身上皮破肉烂，头发也被拉掉了。大家告诉她，她和陈宜清等同志失散后，袁翠明同志和红军家属老李同志去找她们。当找到她们隐蔽的山沟时，被敌人发现了，老李同志被杀，陈宜清等三位同志被抓，袁翠明躲在石缝里敌人没有找到，敌人所说的大姑娘、大辫子就是袁翠明。

1936年冬天，金刚台下了一场罕见的大雪，整整下了几天几夜。金刚台成了冰天雪地，碗口粗的大树都被雪压断。妇女排正隐蔽在马场一带的深山里。便衣队送粮食，几次都因敌人阻挡送不上去。妇女排经常挨饿，只好在雪地里找一些草根充饥。

大雪封山20多天，县委担心妇女排在山上冻死饿死，派了个便衣队员想方设法上山寻找。便衣队员找到了他们，把身上的半袋米全留下了。但是敌人发现了目标，跟着追上山来。他们只得一路快跑，躲进一片丛林里。张泽礼的爱人彦宜香见大队敌人向丛林方向搜寻，为了保护同志们，她冲出丛林，全力朝另一个方向跑去，引开了敌人。彦宜香跑到一座悬崖边无路可走，身后的敌人又追了上来，于是她纵身跳下深涧。

天黑了，大家齐呼她的名字，可是哪有一点儿回音呢？彦宜香就这样牺牲了。

经过一整天的奔波，大家都很疲劳，身上的烂衣服，一片搭一片的，很多人没有鞋，脚都冻烂了。在一条深沟里，他们烧了几堆火，背靠背休息。身下是刺骨的冰雪，前面被火烤焦了，后面还结着冰。因为天太冷，大家怎么都睡不着，彭玉兰领头，他们唱起了打商城的小调。

妹妹和姑娘，

大家都武装，

夺取政权立中央，

打倒了那富强……

拿驳壳枪的女班长

没人知道她叫什么，连幸存的她最好的战友也只知道她姓王，是红军妇女独立团侦察连的一班班长。妇女独立团曾和男兵们搞过一次射击比赛，王班长力压群雄，枪法那个准，让男兵们自愧不如。

妇女独立团侦察连平均年龄不到20岁，清一色的光头。红军中男女军服一样，她们不开口说话，没有人知道她们是红军女战士。

有一次，王班长带两个兵去侦察敌情，和敌人的一个班遭遇上了。王班长三枪就撂倒了三个，剩下的几个也让她的两个兵给收拾了。王班长喊："留下那个拿驳壳枪的。"拿驳壳枪的是个官，捉了他正好了解敌情。

拿驳壳枪的是敌军的一个排长。女战士们平时作战就是拼刺刀、抡大刀，光使力气，不喊杀，怕敌人知道她们是女的。这次王班长一嗓子，敌人排长知道了这是三个红军女娃子，挥舞着驳壳枪冲了过来。王班长一个扫堂腿，敌人排长摔了个"狗吃屎"。王班长踩住他的右手，夺过了驳壳枪。

妇女独立团的领导对王班长说："你是神枪手，驳壳枪归你了。"

王班长成了妇女独立团里唯一的一个拿驳壳枪的班长。

王班长在连里的威信很高,王班长说,选拔侦察员起码有两条标准:一是装成要饭的,敌人看不出来;二是不能说梦话,说梦话容易泄露机密。连里按照她的建议挑选了一拨又一拨的侦察员,培养出来的侦察员个顶个的棒。

王班长是侦察骨干,她装什么像什么。红军决定攻打一座县城,敌人已经听到了风声,所以戒备森严,侦察敌情的任务就落到了王班长身上。清晨,几个樵夫挑着柴火进城去卖,他们后面跟着的是王班长。到了城门口,哨兵一个一个地盘问、检查,连柴火都打开搜查。到了王班长,哨兵问她是哪儿人,她指着前面樵夫的背影比画着,嘴里咿咿呀呀地说着谁也听不懂的话。哨兵说:"是个哑巴。"然后一挥手,"快走!"王班长卖了柴火,摇身一变,成了一个书生。守城的部队里有她的一个老乡,当了个不大不小的官,王班长和那个老乡见了面,她只用一张纸条就换取了守城敌军的装备、兵力部署等所有情报。那张纸条写的是:此人对解放县城有功,务必优待。落款是中国工农红军妇女独立团侦察连王班长。

第二天,一个又老又脏的乞丐要出城,哨兵又是搜查又是盘问。无奈这乞丐又聋又哑,只好放她出城。乞丐走了,守城的哨兵总感觉哪儿不对劲,就对着乞丐的背影放了一枪。子弹从乞丐的头顶掠过,但是乞丐没有一点儿反应,仍然慢吞吞地走着。这个乞丐就是王班长。

金秋八月中秋节的那天晚上,王班长坐在一棵树下,望着天上又大又圆的月亮,轻轻地哼唱着《八月桂花遍地开》:"八月桂花遍地开,鲜红的旗帜竖起来,张灯又结彩呀,张灯又结彩呀,光辉灿烂闪出新世界……"她想起了家乡,她的家门口有一棵很大的桂树，这时节正是桂花盛开的时候。桂花不鲜也不艳，但是闻香醉十里，一到中秋的时候，全家就坐在桂树底下，在桂花的香甜里享受着合家团圆。想想老家，虽然穷，虽然苦，但是一家人能在一起。赶快打败国民党反动派，革命成功了，她什么也不要，只要八月十五那棵桂树下团团圆圆的一家人。

遗憾的是，王班长没有等到这一天。

就在第二天，一场惨烈的战斗开始了。王班长的驳壳枪一枪一个，撂倒了好几个敌人。她负了重伤，驳壳枪里留下了最后一颗子弹。这颗子弹本来是留给自己的，但是，一个敌人冲了过来，她还是把最后一颗子弹送进了敌人的脑袋。

王班长牺牲了，那一天是八月十六，人们常说"十五的月亮十六圆"，但是，王班长没有看到一年之中最圆的那一轮明月。

女"二六八团"

在中国人民解放军的编制史上没有女"二六八团"这个番号，但是，在中华人民共和国的旗帜上有她们血染的风采。

红军西路军战斗最激烈的时候，妇女先锋团接到命令，接替红"二六八团"的防务，并且改用"二六八团"番号，进入阻击马家军的阵地。她们接到命令后的第一个行动就是全团干部、战士把短得不能再短的头发剪掉，集体女扮男装。妇女先锋团随即悄悄地接替了"二六八团"的防务和番号，变成女"二六八团"了。马家军还是老战术，先向"二六八团"的阵地发射猛烈的炮火，进行火力侦察。妇女先锋团接过了"二六八团"的番号，也接过了"二六八团"的战术，她们隐蔽在阵地上，任凭敌人狂轰滥炸，一动不动。敌人冲上来了，30米、20米、10米……几乎面对面。团长王泉媛一声令下，女战士们机枪、步枪、手榴弹一齐开火。有的女战士把弹药省下来，直接用石头砸。猝不及防的敌人丢下了一堆尸体，狼狈逃走。

马家军知道遇上红军主力了，于是重整旗鼓，调集大部队向红军阵地发起猛攻。在机枪、火炮、掷弹筒的掩护下，敌人猛攻妇女先锋团的机枪阵地。敌人离得近了,机枪手李明端着机枪跳出掩体,边扫射边骂:"去死吧。"敌人纷纷倒下,政治处主任华全双见李明完全暴露在敌人的火力下,急得直喊:"李明,卧倒,赶快卧倒!"

已经晚了,李明身中数弹,摇晃着倒了下去。五连连长一个箭步蹿上来,端起李明的机枪,愤怒的子弹向敌人倾泻而去,敌人又一次被打退了。

但是,六连的阵地被敌人突破了,女战士们正和敌人拼刺刀、拼大刀。肉搏中敌人才发现他们面对的是一群红军女战士,大喊起来:"女的!抓活的!"敌人这才明白,顽强抗击他们的不是真正的"二六八团",而是女红军。敌人成群结队地冲上来。女战士们的子弹很快就打光了,她们就用大刀、枪托、木棍、石头甚至随身携带的剪刀和敌人展开殊死肉搏。六连连长刘国英已经负伤了,头上扎着绷带,鲜血把绷带都染红了,她仍然挥刀劈杀,接连砍倒了四个敌人。但是,敌人的马刀也戳进了她的腰部。华全双紧跑几步赶来,砍死敌人,扶起刘国英,刘国英的脸上露出胜利的微笑,留下了四个字的遗言:"四个,够本。"

四连机枪班班长黄青仙打完了最后一梭子弹,就抡起笨重的机枪,向敌人砸去。突然一颗子弹击中了她的腹部,她摔倒在地,机枪扔出很远。两个马匪把明晃晃的刺刀刺向了她,她一手抓住一把锋利的刺刀,用力一推,两个敌人踉跄后退,她又抱起一块石头砸向敌人。敌人开枪了,子弹射进了她的胸膛,她向前走了几步,栽倒在地。

女"二六八团"用鲜血和生命完成了掩护西路军总部转移的任务,她们没有辜负红"二六八团"的战旗,红"二六八团"也永远不会忘记他们曾经拥有的值得骄傲的女战友。

微笑无敌

　　有这样一幅历史照片：一位美丽的姑娘面带微笑，面对着四个日本军人，她双手交叉放在胸前，自信、无畏、从容不迫，微笑里带着讽刺，带着蔑视。难以置信，这是她人生的最后一张照片。

　　她叫成本华。1938年初，日寇一个中队进入安徽和县，遭到新四军领导的抗日武装的顽强抵抗。战斗结束后，日军抓住了一些武装反抗的中国人，其中就有成本华。日本鬼子很快就弄清楚了成本华是这次战斗的指挥者，她是和县本地人，24岁。鬼子动用各种酷刑，企图使成本华和她的战友们屈服，但是都失败了。鬼子又把几十个战俘带向刑场，用枪杀，用刀砍，用刺刀刺，让在现场的成本华观看他们的杀人表演，最后就剩下成本华一个人了。鬼子杀人杀累了，坐在板凳上休息，他们解开捆绑成本华的绳索，让随军的日本记者给成本华拍照。异常平静的成本华轻轻活动了一下被绑得发麻的双臂，理理凌乱的头发，抬眼望长空，苍穹上一轮火红的太阳，她双手交叉抱在胸前，脸上凝固着轻蔑的微笑。

　　日本鬼子发疯似的把刺刀刺进了成本华的身体……

　　当年在现场施暴的日本鬼子，有一个叫山下弘一，他也得到了一张成本华在刑场的照片。他后来写了一本传记,说他这一生都在翻看这张照片,每每看到成本华的微笑,他的灵魂都在颤抖。他说:"我们用刺刀杀死了成本华,成本华用微笑杀死了我们。"

海明威说:"你可以打倒我,但你无法打败我。"

成本华不死,民族精神不死!

那一声"同志"

1938年11月，大雪覆盖了长白山北部的完达山地区，日伪军对转战在这里的东北抗联第六军第一师进行拉网式"围剿"。第一师是女兵师，已经断粮许多天的女兵们艰难地在雪地里跋涉，摆脱着前堵后追的敌人。

女战士李敏虽然只有16岁，但是体质好，就在队伍前面为战友们踩雪开路。没有饭吃，更没有食盐，李敏患了雪盲症，看什么都是白花花的一片。她独自行走着，等到停下来等待大部队时，突然听到后面传来急促的马蹄声和枪炮声。大部队被敌人包围了。

马蹄声越来越近，李敏机敏地滚进了一个雪窝子。敌人的一队骑兵扬着马刀从她面前跑过，她不敢动。直到黑夜，她才站起来，摸索着寻找自己的队伍。但是，除了战斗遗留下来的尸体，战友们不见了踪影。狼群闻到了血腥气，号叫着围了过来。黑夜里，野狼的眼睛像绿色的幽灵，一闪一闪。

李敏以最快的速度离开了曾经的战场，她走啊走，已经辨别不清方向。走不动了，她就爬。忽然，她发现前边不远处有几间小木屋，冒着烟，做饭的香味随风飘来。李敏爬向小木屋，靠近以后她停了下来，因为她无法断定木屋里面的是敌人，是老百姓，还是自己的战友。她看见面前有一泡屎，在冰天雪地里已经冻得硬邦邦的了。李敏翻动了一下，仔细观察，屎里没有草根、树皮的残渣，而是金黄色的。李敏立即断定屋里的人不是吃草根、树皮的抗联战士，也不是以糠菜果腹的普通百姓，而是顿顿大米、白面的敌人。也不知道哪里来的力气，李敏猛地站起来，向前跑去。木屋里的正是日本兵，他们听见了动静，冲出来，发现了李敏，一边开枪，一边追了过来。

精疲力竭的李敏实在跑不动了，就倒在地上，顺着山坡滚了下去。这一滚，救了她的命，敌人追不上了。李敏被一棵小树挡住，她发现这是一片树林后藏进了里面。

李敏又艰难跋涉了两天两夜，忽然她的前面出现了一堆篝火，还有哨兵握着枪站岗。吸取了小木屋的经验，她不敢再过去，悄悄地趴在雪地里等着。等了好久好久，有个哨兵来换岗，说了一声"同志"。

这一声"同志"传来，李敏像是失散多年的孤儿找到了母亲的怀抱，多少艰难、惊险、饥饿、恐惧一起涌上心头，她忽然哇的一声大哭起来。这是另一支抗联队伍，李敏终于回到了抗联大家庭。事后她才知道，一个女兵排只有她一个人突出了包围。她带着这支队伍，回到了她的战友们浴血奋战的战场。敌人残酷地夺走了战友们的头颅，烈士们的鲜血在完达山上铺出了一条血路。李敏擦干泪水，踏着烈士的血迹，向前走去。

母女诀别

一条偏僻的小巷子里，有两间破旧的瓦房，那就是茅丽瑛和母亲相依为命的家。茅丽瑛在给母亲梳头，母亲的头发花白而稀疏，茅丽瑛梳理的时候没有用力，头发就飘落了。看到母亲脱落的头发，她攥成一小团，悄悄地藏在手心。

茅丽瑛一边为母亲梳头，一边用南方女孩特有的吴侬软语，尽量轻描淡写地说："妈，我把上海海关的工作辞了。"

她感觉到母亲的肩头颤动了一下。

茅丽瑛在上海海关有一个收入丰厚的工作，65元的月薪，还不包括各种津贴。而且，再工作两个月就可以获得上千元的奖金。这样的收入，不要说母女俩的生活，就是一个大家庭也能维持。茅家只有她和母亲相依为命，她的收入就是全家的收入。但是，茅丽瑛居然把工作辞了。

茅丽瑛跟母亲解释说："妈……"

母亲按住了她的手，不让她说下去。

母亲说："我们娘俩什么样的苦没吃过？辞了也好，你回到杭州来，妈也有个依靠。我们娘俩只要在一块儿，吃糠咽菜心里也舒坦。"

茅丽瑛说："妈，这正是我要和你商量的，我要参加救亡长征团。在海关工作，就没有时间和精力上的保障。救亡长征团是为红军筹措抗日资金的。妈，我辞了工作还是要回到上海，可能更忙，更没有时间回来照顾您老人家。"

母亲不吭声了，半天，茅丽瑛说："妈，我是和你商量的，你说话呀！"

母亲还是没说话。这时候，茅丽瑛从镜子里看到母亲的两行热泪缓缓地流了下来。

茅丽瑛搂住了母亲的肩头，说："妈，我五岁的时候，父亲就迫于生计跳湖自尽了，你拖着我们三个儿女不容易，比我大两岁的哥哥患病夭折，比我小两岁的妹妹也因为家里困难送人了。就剩我们娘俩，您老人家到学校做职工，省吃俭用送我上学，现在女儿大了，能赚钱了，应该养活母亲了。我小时候就有个志向，一定要做个孝顺女儿，报答妈妈，让妈妈安度晚年。可是日本鬼子不让我们过安稳日子，打进了家门，国亡了，我们还有家吗？"

茅丽瑛要用手背去抹母亲的泪，母亲轻轻地推开她的手，自己擦干了眼泪，说："孩子，你说的道理我都懂，我知道，我女儿要做的事都错不了。"

通情达理的母亲把唯一的亲人送上了抗日救亡的道路。这是茅丽瑛见母亲的最后一面。

在上海，茅丽瑛全身心地投入到党的事业中。1939年春天，党组织指示她以上海职业妇女俱乐部的名义为浴血奋战的新四军募集一批棉衣。担任俱乐部主席的茅丽瑛发动会员向社会募捐，还举行了多次义卖，几天之内就募集到款项2000余元。

突然有一天，老家杭州来人找到茅丽瑛，说她母亲病重住院。这正是茅丽瑛募捐工作最要紧的时候，她无暇顾及母亲，委托亲友代为照料。杭州来人走后，茅丽瑛收到了一封信，信里还有一颗子弹，信中说：立即停止，否则请饮此弹！同志们都为她的安全担心，让她回杭州伺候母亲，避开敌人的锋芒。但是她说："新四军在前线和日本人拼杀，多募捐一分钱，就为新四军的胜利多提供一份保障。这个时候，我怎么能离开工作岗位呢？"她不顾自身的安危，夜以继日地工作。募捐活动不但为新四军募集了大量资金，而且宣传了共产党的抗日主张。

夜深人静时，茅丽瑛经常握着母亲那一小团白发掉泪。她思念着躺在病榻上的母亲，她最大的愿望就是能给母亲亲手熬上一碗药，亲手递过一杯水，轻轻地为母亲梳理稀疏的白发，跟母亲再撒一次娇……但是，这个机会永远没有了，茅丽瑛得到噩耗，母亲在老家去世了。她赶了回去，扑在母亲的遗体上痛哭。匆匆料理完母亲的丧事，她回到了上海。她和她的朋友说："我一辈子就做一个梦，就是做个孝顺女儿，日本人连这样一个平常人的平常梦都给我打得粉碎，我有生我养我的母亲，更有灾难深重的祖国母亲。对生养我的母亲我没有尽孝，对祖国母亲我要尽忠。"

党组织考虑到茅丽瑛的身份已经暴露，做出要她撤离上海、参加新四军的决定。但在这个时候，敌人下了毒手。1939年12月12日晚7时半，汪伪特务向29岁的茅丽瑛射出了罪恶的子弹。生命垂危的茅丽瑛把母亲的白发紧紧地贴在胸口，微笑着对护士说："我就要见到妈妈了，我要去好好伺候妈妈，做一个孝顺女儿。"地下党冒着危险派人来医院看她，茅丽瑛说："告诉妈妈，我死了，不要为我悲伤，我们的事业需要牺牲，我们的事业后继有人。"

她口中的"妈妈"就是伟大的中国共产党。

光宇千秋玉比馨

坚贞勤朴我怜卿，才得相亲又远征，依依驻马不胜情。

一齿仅存犹喷血，百鞭齐下不闻声，光宇千秋玉比馨。

这首《浣溪沙》是伟大的无产阶级革命家谢觉哉，为纪念他的夫人郭香玉而作。诗言志，这首词中既有对爱妻沉痛的哀悼之情，又有对其夫人高尚品格的由衷赞美，更有对国民党反动派的无比痛恨。

这首词写于1947年冬，此时，郭香玉英勇就义已七年。

1940年9月的一天，凄风苦雨抽打着白色恐怖笼罩下的福建汀州。

牛棚里，浑身伤痕累累的郭香玉从昏迷中醒来，她轻轻擦去眼眶上的血迹，不由得回想起刚才的那一幕。

"说！说出共产党在瑞金的情况，马上就放了你。"敌人恶狠狠地吼道。

"不知道！我什么也不知道！"

"你身为中央政府秘书长谢觉哉的妻子，又是中央苏区局的机要收发员,你能说不知道?如果不说,你的皮肉可要受苦喽!"

"正因为我是谢觉哉的妻子,我所知道的就更不能说了!"

"敬酒不吃吃罚酒,给我狠狠地打!看看是你的嘴硬还是我的刑具硬!"

在与敌人的周旋中,郭香玉因为一双小脚跟不上行动而不幸落入敌人之手。敌人将她关押了一段时间,当得知这个小脚女人的身份后,大为重视。敌人将她从牢房里提出来,安排到一座洋房里,天天好吃好喝地招待她,并以重金相诱,劝她说出红军的机密。郭香玉不是说她只是一个小小的收发员,能接触到多少机密,就是说她保管的文件被他们烧掉或带走了。敌人见软的不行,就动起了大刑,用皮带和荆条抽打得郭香玉浑身是血,又把她捆起来丢进牢房里……

一缕阳光从牢房的破损处照射进来,晒得人身上暖洋洋的。此刻,郭香玉想起了丈夫谢觉哉,他那宽阔的臂膀,炽热的胸膛,不就像这阳光一样温暖吗?

1934年7月中旬,郭香玉和谢觉哉在瑞金沙洲坝结婚。对于郭香玉来说,结婚以后的日子天天都像度蜜月,她真真切切地感受到了丈夫亲切诚挚的关爱。郭香玉小时候在母亲的逼迫下裹过脚,跟别的女人相比,她那一双"三寸金莲"走路走不快,跑步跑不动。这一双小脚,岂不成了革命的累赘?郭香玉有时急得直想哭。每当这时,谢觉哉总是笑着安慰她:"裹脚是封建礼教造成的,又不是你的过错。不要难过,一旦需要,我就背着你一起革命。"一番话把郭香玉给说乐了。

考虑到郭香玉一双小脚干活不方便,许多家务活谢觉哉都不让郭香玉干，每天的洗脸水、洗脚水，都是他从外面提回来。郭香玉十分感动："在咱们中国，哪有丈夫给妻子打水的？"谢觉哉却乐了："你这个小脑瓜呀，还挺封建的。咱们是革命同志加伴侣，是平等的关系，要互相照顾，没有谁该照顾谁之说。"

有一天，谢觉哉温情地对郭香玉说："香玉，我教你学骑马吧？在这样的环境下，你无论如何要学会骑马！不然，以后行军打仗可就困难了！"

"就我这两只小脚，能骑得了吗？"郭香玉使劲在地上跺了跺两只不争气的脚，难过得快要哭了。

"怎么骑不得？天下无难事，只怕有心人。关键是你得树立信心。"谢觉哉鼓励着妻子。

"好！我听你的。"

教小脚女人学骑马并非易事。为这，谢觉哉颇费了一番心思。他先从机关运输队借来一头驴，让郭香玉从骑驴开始学起，驴的个头矮，好驾驭。等到会骑驴了，他又借来一匹个头较小、脾气温顺的马，将妻子扶上去，亲自牵着缰绳，一天一天地练，经常是马上的一身大汗，马下的大汗淋漓。俗话说，马靠骑，枪靠习。功夫不负有心人，郭香玉的胆子越练越大。终于有一天，郭香玉骑马跑到了五千米外的瑞金县城。从县城回来后，她一下子扑进谢觉哉的怀里，激动地哭出了声音："我会骑马了！我再也不是革命的累赘了！"

回忆总是甜蜜的。想到这一幕，郭香玉不禁笑出声来。突然，外面响起鸟叫声。这声音重新勾起了她对丈夫的牵挂：觉哉，你现在好吗？你们的西征之旅顺利吗？我作为你的妻子，没有给你丢脸。

光宇千秋玉比馨

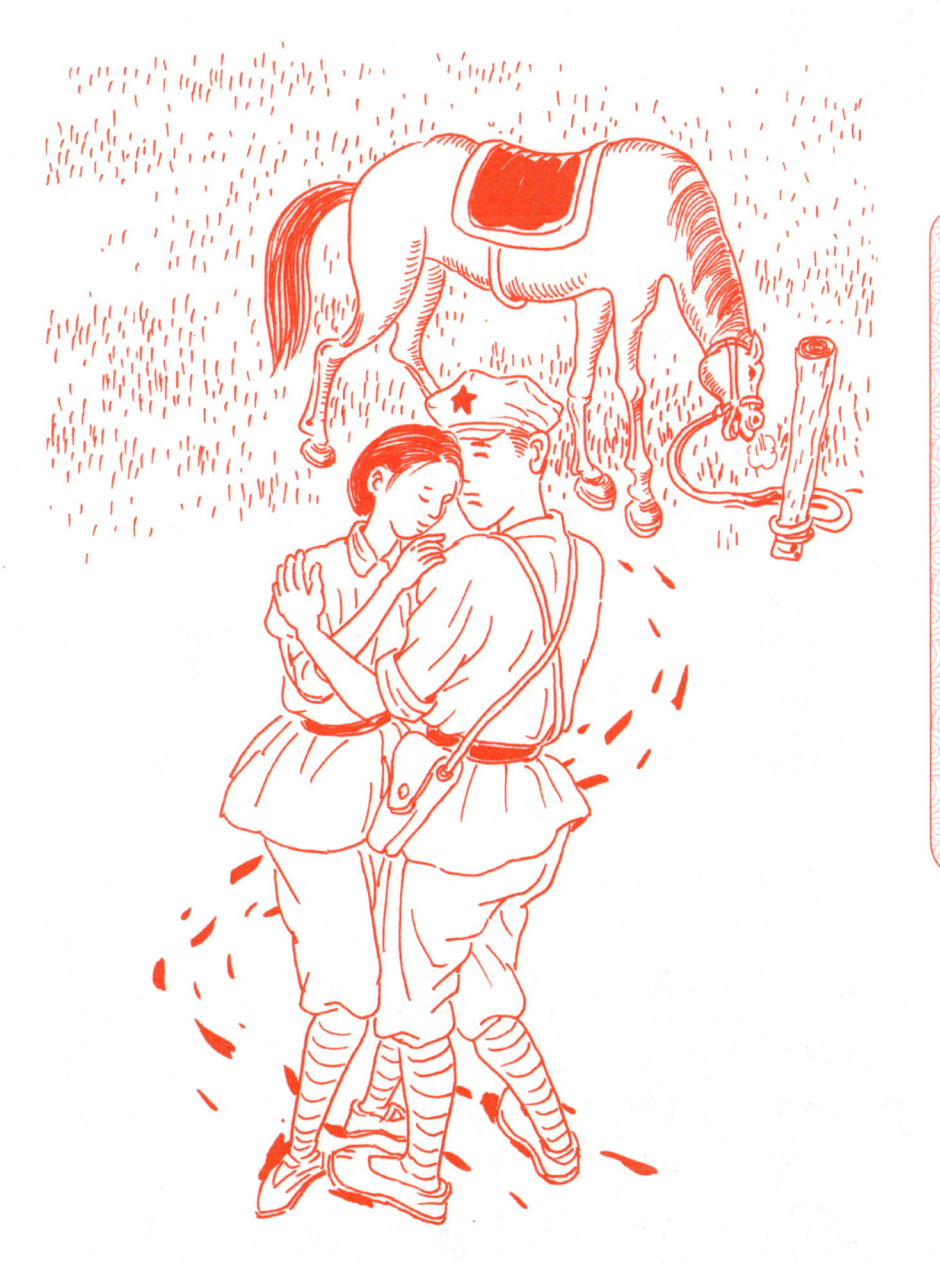

那时，苏区的形势越来越紧张，不断有不好的消息从前线传来。根据地越来越小，中央苏区还能保得住吗？郭香玉心里一直积压着的不祥的预感，最终变成了现实：红军第五次反"围剿"失败，党中央决定放弃根据地，实行突围西征的战略转移。

因为是实施战略转移，许多不便于随军行动的同志被迫留守。郭香玉是小脚，被中央组织局划定在留守人员名单之内。尽管她是中央政府秘书长的妻子，也不能有任何的照顾。这样的结果，早在郭香玉的预料之中，她坦然接受了。谢觉哉获悉妻子被留下，心里非常难过，但他无法改变这种结果，只有一次次地劝慰妻子……

分别的那一天还是到来了，郭香玉紧紧地拥抱着丈夫，竭力不让泪水流出来。尽管她知道这有可能就是永别，但她不想把难过和牵挂留给丈夫。那一天，她是用微笑同丈夫告别的。

郭香玉被留下来后，随地方红军转战于闽西的永定、上杭一带，在山区打了一个多月的游击战。然而，敌人的"围剿"越来越频繁，包围圈越来越小，许多战友不是倒在敌人的枪口下，就是受伤后被俘，游击队的人员越来越少。刚开始的时候，她还有一匹马骑着行军，但在一次战斗中马丢失了，她只有和大家一样徒步行进。天天被敌人赶着跑，不是翻山岭，就是跃深涧，郭香玉的一双小脚哪能吃得消，但她仍然咬紧牙关跟随游击队行动。

1940年9月的一天，他们又被敌人围住了。突围时，郭香玉终于跑不动了，不幸落入敌人之手……

"起来！"敌人的一声号叫扯断了郭香玉的回忆。她知道，最后的时刻到了，她没有任何的惊慌、害怕，只是简单地捋了捋鬓发，微笑着迎向敌人。

敌人早就在沙滩上挖好了坑，他们将郭香玉头朝下放进坑里。敌人仍不死心，威逼郭香玉只要说出一条红军的机密情报就放她一条生路。然而，面对死神，外表孱弱的郭香玉革命意志却无比坚定，她始终不吭一声，以沉默应对敌人。敌人见威逼不起作用，气得往深坑里填土，直到将郭香玉的身体全部埋住……

打入魔窟的传奇才女

"春天里来百花香，朗里格朗里格朗里格朗，和暖的太阳在天空照，照到了我的破衣裳。朗里格朗里格朗里格朗……"

相信很多人听过这首歌，可有多少人知道这首歌的词作者呢？

她是一位伟大的女性，名叫关露，这是一个被历史尘封的名字。才女、汉奸、特工，三个身份纠缠了她一生。

1939年的上海滩，在日寇铁蹄的蹂躏下，已沦为"孤岛"，这个外表灯红酒绿的十里洋场，到处充斥着背叛、绑架和暗杀。

此时的关露，是上海滩最有名的三位女作家之一，另外两位是丁玲与张爱玲。

除了创作之外，关露还翻译了高尔基的《海燕》、邓肯的《邓肯自传》等许多日后广为人知的优秀作品，而那首流露着健康豁达情怀的《春天里》，更为她赢得了社会底层人民的喜爱。那时的关露激情澎湃，面对日寇的侵略，她大声疾呼："宁为祖国战斗死，不做民族未亡人！"这样的爱国诗词让她获得了"民族之妻"的称号。

让人意想不到的是，这样一个受人喜爱的女作家，却在这年年底突然销声匿迹。当关露再次出现在上海滩的时候，她竟然成为汪伪特务头子家里的红人。

是什么导致她发生那么可怕的变化呢？原来，这位本名胡寿楣的女作家已是中共秘密党员，她接受了一项非常任务——打入"76号"，摸清汪伪政权特工头目李士群的真实思想动态，并在适当的时候对他进行策反。这么一项艰巨的任务，为什么会选择关露呢？

关露有个妹妹叫胡绣枫。1933年，李士群被国民党抓捕后，他的老婆叶吉卿在走投无路之下，被胡绣枫接待了，所以，李士群对胡绣枫一直心存感激。基于这层关系，党组织原准备派胡绣枫去，但胡绣枫当时在重庆工作繁忙，就推荐了她的姐姐关露。

1939年11月，关露的长篇小说《新旧时代》已进入最后的修改阶段，但就在一天夜里，她接到了一份中共华南局最高领导人的密电——速去香港找廖承志！（注：廖承志时任八路军香港办事处负责人。）

关露到达香港的第二天，两位客人拜访了她。其中一位是廖承志，另一个人则自我介绍说："我叫潘汉年。"那是一次绝密的谈话，直到若干年后，有的材料里才第一次提到它。潘汉年所带来的任务，是命令关露返回上海，策反李士群。

最后潘汉年是如何说服关露的，我们已无法知晓，通过史料能查到的是，潘汉年最后对关露说："今后要有人说你是汉奸，你可不能辩护，要辩护，就糟了。"关露坚决地说："我不辩护。"

回到上海后，关露便成了极司菲尔路76号汪伪特工总部的常客。李士群让太太和关露一起逛商场、看戏，出席各种公开场合的活动。就在有意无意间，关露投靠汪伪特务的消息传开了。

1940年3月，汪精卫在南京粉墨登场，上海的敌特空前猖獗。这激起了文艺界进步团体的抗日热情,就在这时,中国左翼作家联盟的负责人找到了主管诗歌工作的蒋锡金。

"关露还参加你们的活动吗?"

"是的。"

"今后不要让她参加了。"

此后,许多在上海的关露昔日的同事、朋友均对她侧目而视,大家一谈起她,甚至要往地上吐唾沫。

蒋锡金有一次在路上碰到关露,聊了一会儿。她跟蒋锡金握手告别时说:"我没去过你的家,你的家在什么地方我全忘了。"

关露严格地执行了党的指示,有意疏远了那些所剩不多的朋友。

据胡绣枫透露,在此期间关露曾给她写过一封信:"我想到'爸爸、妈妈'身边去,就是不知道'爸爸、妈妈'同意吗?"

这里的"爸爸、妈妈"是指解放区延安。胡绣枫说,接到关露来信后,自己立刻跟邓颖超汇报了此事。没多久,八路军办事处的人就找到了胡绣枫,随后胡绣枫给关露回信说:"'爸爸、妈妈'不同意你回来,你还在上海。"

忍辱负重两年后,关露的付出终于有了收获。

1941年冬,关露与李士群进行了一次有迹可循的对话。关露说:"我妹妹来信了,说她有个朋友想做生意,你愿意不愿意?"李士群是个很聪明的人,他一听就明白了。

很快,潘汉年根据关露的判断,在上海秘密约见了李士群。从此,日军的"清乡、扫荡"计划总是提前送到新四军手中。

注:李士群,曾为中共党员,1932年被国民党中统特务逮捕后叛变投敌。

火凤凰

电影《上饶集中营》中有一位坚强、刚毅的年轻女共产党员，在敌人的淫威面前她坚贞不屈，就像一只美丽的火凤凰。这位女英雄的原型就是新四军军部机要员施奇。

施奇，1922年生于浙江平湖。她曾经在上海的一家缫丝厂里当童工，在蒸笼似的车间里挥汗如雨，度过了几个春秋。在缫丝厂的工人夜校里，她学了文化，也懂得了一些革命道理。

1937年7月7日抗日战争全面爆发时，施奇还不满18岁。日军的野蛮侵略，激发了施奇的抗战激情。淞沪抗战爆发后，她与好朋友毛维青等人一起报名参加了中国共产党的外围组织中国红十字会煤业救护队，勇敢地在火线上抢救伤员，成了一名出色的救护队员。1938年8月，她们一起到皖南泾县参加了新四军。在女子八队学习时，施奇被选为班长。她学习刻苦，成绩优秀，还不断帮助其他学员学习。同月，施奇光荣地加入中国共产党。从教导队毕业后，她先是被分配到军部速记班，随后被调到军部机要科，并担任江北大组的组长。

1941年1月，蒋介石发动了震惊中外的皖南事变，新四军将士陷入敌人的重围。危急关头，施奇镇定地译发电报，保证了军部与党中央的联系。当敌军的包围圈越来越小时，她按照上级命令，忍痛毁掉电台，烧掉密码，与机要科的几名同志一起突围。

敌人太狠毒了，见人就杀。在与敌人的周旋中，施奇不幸与机要科的战友失散了，她一个人到山上躲了起来。当时正值隆冬，山上已没有野果、野菜可吃，施奇饿极了就拣点烂树叶子充饥。

过了几天，等到山上的枪声逐渐稀落之后，饿得头昏眼花的施奇才趁黑夜下山，敲开了一户贫苦农民家的门。见开门的是一位老大娘，施奇有气无力地说："大娘，我是新四军，能在你这里住几天吗？"新四军在这里深受群众欢迎，大娘见是一位女新四军，已经瘦得不成样子了，赶紧将她迎进屋里，心疼地说："孩子，快进来，你就在这里住下吧，有大娘一口饭，就不会饿着你。"施奇就在大娘家里隐藏下来。

一天，国民党五十二师的搜索部队突然进村，匆忙之中施奇来不及躲藏，大娘悄悄地对她说："快！快躺到床上去！就说是我的儿媳妇，生病了……"施奇刚刚躺到床上，用被子蒙住头，几个国民党兵就冲进了这户农家。他们根本不听大娘的哀求，掀开被子，发现是一个年轻姑娘，他们又从长相打扮上看出施奇是失散的新四军女战士……

国民党兵用担架抬着施奇，把她关进了上饶集中营。施奇原本又白又胖，圆圆的、带着稚气的脸上透着红晕，性格活泼开朗，一天到晚总是笑嘻嘻的，同志们都亲昵地叫她"阿福"。然而精神和肉体的双重摧残，使施奇一下子变成一个面容憔悴、一头乱发的重病号了。被敌人伤害后，施奇患上了梅毒，特务们便把她关押进一间单独的房子里。她不能起床，医生就在她的床板上打一个洞，让她把大小便从洞中排出，流到床底下的盆子里。即便施奇成了这个样子，集中营的特务还以治病为诱饵，逼她悔过自首："只要你能悔过自新，承认过去走错了路，立刻就送你去看病。"卑鄙的国民党特务企图胁迫她叛党，也企图用这种手段来掩盖他们的罪行。施奇严词拒绝，气愤地说："要我自首，那是白日做梦！我的病是怎么得的，你们最清楚，我要控诉你们！我宁愿痛死、烂死，也绝不出卖我的灵魂！"施奇还对探望她的战友们说："这些野兽动摇不了我钢铁般的意志，玷污不了一个共产党员的心。只要我的心还在跳动，就决不停止对敌人的斗争！"她衰弱的病体里迸发出惊人的力量，铿锵的话语里显示了新四军女战士的铮铮铁骨！她还忍受着巨大的折磨，在狱中写下揭露敌人罪行的文章。

在皖南事变中被捕的新四军战友们，看到施奇被敌人折磨得奄奄一息，无不义愤填膺、悲痛万分。他们在狱中党组织的领导下，声援施奇，抗议国民党反动派的暴行，要求监狱当局送她到医院治疗。迫于压力，敌人不得不将施奇送到医院治疗。

经过一段时间的治疗，施奇的病情有所好转。施奇一有机会就向人们讲述自己的身世和遭遇，揭露反动派制造皖南事变犯下的滔天罪行。医院里的医生、护士几乎都听她讲过新四军的故事。

有一位名叫甘玉珍的护士听了施奇的遭遇后，非常同情她，愿意帮助她逃离虎口。甘玉珍为她准备了路费和化装的衣物，还给她画了一张路线图，要她越狱后经玉山，到江山县去找一对教师夫妻，然后由他们联系，送她回新四军。不料，监视施奇的女特务识破了她的意图，将她重新带回了集中营。护士甘玉珍和江山县的那对教师夫妻也都被捕入狱。

反动派连这样一个手无寸铁且身染重疴的姑娘也不放过。1942年5月，几个特务把施奇抬到茅家岭下的一个山坡旁，将奄奄一息的施奇推进一个事先挖好的土坑里。施奇厉声质问："卑鄙，无耻！你们敢公开枪杀我吗？"刽子手们手忙脚乱地往坑里填土……

为了坚守自己的精神家园，正值花季年华的姑娘，壮烈地失去了年轻的生命。

女八路的冰铠甲

对刘峰宜来说,1941年的"三八"妇女节过得最难忘。为了庆祝自己的节日,抗大一分校女生队于头天晚上就在沂蒙山区的鄠庄搭好了戏台子,准备开表演会。

女学员们的热情格外高涨,天不亮她们就起来做演出准备。突然,哨兵急匆匆前来报告说敌人来了。她们远远地听到了枪弹的爆炸声。

女生队的驻地与敌人仅相隔一条河。100多人的女生队只有两支枪,连颗手榴弹都没有。女生队队长张达让三个区队按班级紧急集合,命令队伍向西北方向快走。大家一口气走出了90里路,一直走到下午,才在一个不知名的村庄停下脚歇息。队员们简单地吃了点饭后,继续前行。

队伍前行时,一条大河挡在面前。河面上有座桥,可敌人就紧跟在屁股后面,飞机像乌鸦似的在头顶上呜呜乱叫,从桥上走不是给敌人当靶子吗?队长张达说:"下河,从河水里蹚过去!"

初春的鲁南,柳未绿,雁未回,河里还结着冰碴子,严寒的余威犹在。女生队的姑娘们虽然多数出身贫寒,在家里吃过苦,受过累，但像这样蹚着冰碴子过河却是头一遭，不少人望着河水直吸冷气，有的紧着往后缩。听着身后越来越近的枪声，一向待女学员们如亲姐妹的张队长此时却显得凶巴巴的："快下河，就是有刀子也得给我蹚过去！"说罢，她裤腿一卷，第一个跳进河里。大家一看，也纷纷卷起裤腿，扑通扑通往河里跳。

不一会儿，张队长已经走到河中央，只听她大喊："河中央水流急，党员同志都站到河中央来！"只见呼啦啦过来了10多名党员，她们站成一排组成人墙，让女学员扶着过河。其他党员有的搀着身体弱的，有的扶着个头矮的，在冰水里艰难前行。看到有同志倒下了，党员们又赶紧搭把手将其拉起来。"小不点"刘峰宜个子太矮了，站在河里，冰水漫过了她的腰际，棉袄湿了半截，水一冲，冲得她直打晃。多亏张队长赶来伸手相搀，并一直将她护送到对岸。还没等她说一声"谢谢"，张队长又跳进河里，向别的学员走去……就这样，党员们一直等到100多名女生都过了河，才上岸。

女八路的冰铠甲

过河以后，女学员们正准备把棉裤脱下来拧一拧水再走，谁知，敌人又追上来了，在河对岸乒乒乓乓乱放枪，还扯着嗓子咋呼："快追呀，别让女八路跑了！"大家哪儿还顾得上拧水，只能接着跑。寒风一吹，不一会儿，她们的帽檐上、嘴唇上、耳朵上都上了冻，棉裤结了冰，走起路来像是穿着铠甲一样，哗啦哗啦的，把大腿内侧都磨破了，她们疼得不敢并腿，只好撇拉着腿走路。一直走到第二天下午4点钟，她们都没歇过脚，其间还过了一条河及四条封锁线。刘峰宜实在累得不行了，不仅大腿内侧钻心的疼，小腿也动不动就抽筋，挪不开步子。她只觉得嗓子里有什么东西堵着，想大声哭出来，但是又不得不将泪水吞到肚子里，咬着牙坚持走下去。因为，走下去才有活路，走下去就是胜利。

走了36个小时的女生们，互相搀着，又拐又瘸，简直像东北的秧歌队。但她们凭借坚定的信念和顽强的意志，战胜了胆怯和劳累，终于走出了敌人的包围圈。

这两天一夜，相对于14年的抗日战争，不过是过眼烟云；相对于漫长的人生，不过是短暂的一瞬间。但是对于这些十七八岁的女孩们来说，这种超极限的运动，极大地影响或改变了她们正常的生理循环。她们哪里知道，这将是终生的遗憾——一些人再也无法生孩子了！残酷的战争带给她们的远不止这些，战争改变了她们的生活，改变了她们的生理，甚至改变了她们的性别。战争中的女人不叫女人。然而，为了自由，为了和平，为了生存，她们牺牲这一切，无怨无悔！

刑场别

夜半时分，山东省委书记朱瑞的夫人、中共山东分局组织部科长陈若克在警卫员的搀扶下终于走出了崮山，冲出了日本鬼子的包围圈。她已经临产，由于阵痛加剧，行动越来越缓慢，渐渐地与突围部队失去了联系。

陈若克艰难地走了几个钟头。拂晓前，在一个村外，她实在坚持不住了，才让警卫员到村里找个妇女帮忙接生。警卫员小跑着走了，陈若克抚摸着肚子说："孩子，你再坚持一会儿。"但是没等警卫员回来，她的女儿出生了。婴儿的第一声啼哭引来了一队端着刺刀的日军。原来，日军攻占崮山后，发现八路军突然都消失了，便组织小分队搜寻八路军伤员和掉队的八路军战士。面对敌人的刺刀，陈若克下意识地掏枪，可是，她的手枪给了参加战斗的同志。她挣扎着站起来，要与日军拼命，敌人一枪托把她打倒在地。

陈若克被捕了。

日军小分队并不知道陈若克是什么人，但是，看她的穿着，就知道她绝不是普通老百姓。日军用铁丝捆住陈若克的手脚，把她扔在一间小屋里，她的身边是刚刚出生的女儿。一天一夜，陈若克水米未沾，女儿早已哭哑了嗓子。这时候，日本宪兵司令部发来电报，让日军小队长把陈若克母女押往沂水县城，宪兵司令部要亲自审问。

敌人把陈若克横放在马背上，用绳子把她的手和脚捆在马鞍上。初生的婴儿被扔在一条马料袋里，婴儿被马草扎得拼命哭喊，陈若克的心都要碎了。孩子是她身上掉下来的肉，是她的心肝，敌人怎么对付她都不在话下，共产党员从向党旗宣誓的那一刻起，就把生命交给了党的事业，但是虐待一个刚刚出生的婴儿，这是灭绝人性的。陈若克心疼，但是决不在日本人面前掉一滴眼泪，也决不为孩子向日本人求情。她知道，孩子是敌人逼迫自己屈服的一个砝码，哪怕表现出一点儿温情，都会被惨无人道的日本鬼子所利用。陈若克母女颠簸了100多里，到了沂水城日本宪兵司令部，日军宪兵队队长亲自提审陈若克。

"你是哪里人？"

"听我是哪里，就是哪里的！"

"你丈夫是谁？"

"我丈夫是抗战的！"

"你呢？"

"我也是抗战的！"

日本宪兵队队长暴跳如雷，烙铁、辣椒水、老虎凳……种种酷刑用在一个产妇身上，但始终撬不开陈若克的嘴巴。陈若克母女被扔进了牢房。敌人改变策略，给婴儿送了牛奶，说："你是八路，我们佩服你坚强的意志，可你也是这个孩子的母亲，你的坚强对你的孩子来说就是残忍。"

陈若克说："孩子的父亲是八路，孩子的母亲是八路，孩子身上流的也是坚强的血。"

日本宪兵队队长摇了摇头，把奶瓶递给陈若克，说："孩子太可怜了，给她喝口奶吧。"

陈若克把奶瓶摔在地上，说："中国人不需要怜悯。"

日本宪兵队队长恶狠狠地瞪着陈若克，狞笑着说："那你就坚强地死吧，还有你这坚强的孩子。"

日本宪兵队队长带着翻译走了，陈若克艰难地挪过去，抱起女儿，说："孩子，妈不会丢下你不管的，我们娘俩到了来世也要在一起，向日本侵略者报仇雪恨。"

陈若克伸出自己流血的手，在伤口上用力挤压着，让鲜血一滴一滴地滴进孩子的嘴里。陈若克说："孩子，你来到这个世上没有来得及喝妈妈一口奶，你就喝妈妈的血吧。"干渴饥饿的婴儿贪婪地吮吸着，这个共产党员的后代吮吸的第一口也是最后一口"乳汁"竟是母亲的鲜血。

陈若克被敌人用刺刀凶残地扎死了，她的孩子也没能幸免于难。

人小鬼大

鄄南战役胜利结束后，一个瘦瘦小小的姑娘奉命来到刘邓首长面前。刘伯承司令员夸奖她："小黄毛丫头真了不起。"邓小平政委诙谐地说："人小鬼大，大有可为。"

"人小鬼大"的小黄毛丫头，名叫李凤英，是冀鲁豫军区的一名八路军战士。李凤英不知道自己姓什么，也不知道父母是谁，她只知道自己有一个奶奶，姓李。奶奶领着她讨饭为生。在河南，奶奶的腿被鬼子的炮弹炸伤了，就领着她找到了八路军三四四旅代旅长杨得志，说："这个小姑娘是革命的后代，父母都被敌人杀害了，交给部队收养吧。"

这时候，李凤英7岁。

杨得志旅长专门指派刘炊事员照料李凤英，从此以后，她跟随旅部南征北战。扩军的时候，杨得志送小李凤英和新招收的男女青年一起受训，但她年龄太小，无法参军，就跟随后勤机关活动。在长期的军旅生活中，李凤英养成了男孩子的习性，爬树掏鸟、下水摸鱼，男孩子干的事她都干。指战员们都很喜欢这个假小子，部队首长叫她"小黄毛丫头"，八路军叔叔叫她"小妮子疙瘩"。

李凤英11岁的时候就正式成为冀鲁豫军区的一名战士了。她参军不久，已经担任八路军第二纵队司令员的杨得志路过，见到当年收养的李凤英很机灵，又是个女孩子，就对部队领导说："这个黄毛丫头鬼点子挺多，让她当情报员吧。"李凤英依依不舍地送别杨得志，杨得志看她衣衫单薄，专门给她买了一件棉袄。

李凤英第一次执行任务就旗开得胜。她装扮成卖梨膏糖的小贩，深入一个日伪据点，为八路军传递内线情报。她机灵，嘴又甜，哄得伪军团团转，捎带着偷了两支手枪。根据情报，县大队里应外合，发动了一次战斗，拔了这个据点。

人小鬼大的李凤英经常执行最重要的情报任务。有一座玄武庙，是地下党和八路军的秘密联络点。按照约定，每逢农历二、七两日，李凤英必到玄武庙取情报，就是天上"下刀子"她也从未间断。有一天，李凤英到庙里取情报，被两个汉奸盯上了，她看着摆脱不开，趁汉奸不注意，把情报吃了。汉奸把李凤英带回去，软硬兼施，她就是不承认。汉奸用皮鞭把她抽得昏了过去，以为她死了，就把她扔到野外。这时候，八路军派人来寻找她，正巧碰上，救了她。

1945年，14岁的李凤英担任姐妹团团长。一天，她接到军区指示，要把一位叫作杨秀清的女同志接到韩楼村。那一天，韩楼村来了一个讨饭女孩，头发又脏又乱结成了疙瘩，端着破碗，拿着讨饭棍，挨家挨户地乞讨。她就是李凤英，是化装来韩楼村勘察地形的。李凤英往回走的时候，迎面碰上了一伙还乡团，还乡团头目注意地看了她一眼，便匆匆而过。李凤英回去以后，接到了杨秀清，一路上巧妙周旋，把杨秀清安全送到了韩楼村。

两个月后，李凤英奉命接杨秀清返回根据地。她和化了装的战友们一起护送杨秀清躲过敌人的暗哨，经过层层关卡，渡过黄河，看着军区派来的马车顺利地把杨秀清接走。后来她才知道，杨秀清是化名，真名叫卓琳，是邓小平政委的夫人。就在返回途中，不是冤家不聚头，李凤英又遇见了那股还乡团，那个头目派人叫她过去问话，李凤英见势不妙，躲入油坊，但还是被敌人搜了出来。头目逼问她的身份，她说她是要饭的，头目挥起刀，割伤了她的脖子，她倒在地上，血流如注。危急时刻，负责掩护李凤英的地下交通员朱继堂上前，对还乡团的头目说："司令，她是个小要饭的，在咱这一带好几年了。"

朱继堂从衣袋里摸出好几块大洋，悄悄地塞在"司令"的手里，赔着笑说："司令，我担保。"还乡团扬长而去，身负重伤的李凤英醒来，第一句话就是："转告领导，任务完成了。"刚说完，她又晕了过去。

1946年10月，刘伯承、邓小平指挥的鄄南战役打响，消灭国民党军近万人。在战斗中，李凤英没日没夜地组织群众做好部队的后勤保障工作，还主动救护伤员。战斗胜利结束了，疲乏至极的她经过战场，被敌人的死尸绊了好几个跟头，最后倒在一匹死马上，呼呼大睡。打扫战场的部队发现后，把她带回驻地休息，刘邓首长接见了她，邓小平政委表扬她"人小鬼大，大有可为"。

生的伟大 死的光荣

1947年初，一个伟大的名字传遍三晋大地——刘胡兰。

1947年8月1日，中共中央晋绥分局做出决定，追认刘胡兰为中国共产党正式党员，高度评价了她短暂而光辉的一生。

刘胡兰，原名刘富兰，1932年10月8日出生于山西省文水县云周西村一个贫苦农民家庭。她出生时父母给她起名"刘富兰"，从名字就可以看出一个挣扎在苦难与贫困线上的家庭对富裕生活的期盼与追求。刘胡兰4岁时，生母就撒手人间，父亲刘景谦续娶胡文秀，胡文秀将刘富兰名字中的"富"字改为自己的姓氏"胡"，从此刘富兰更名为刘胡兰。

抗日战争爆发后，中国共产党领导山西人民开展救亡运动，文水县成立了抗日民主政府，云周西村涌现出一批抗日积极分子。刘胡兰小小年纪就参加了抗日儿童团，为八路军站岗、放哨、送情报。后来，刘胡兰当上了村妇救会秘书，参加了党领导的送公粮、做军鞋等群众支前活动，还动员青年报名参加八路军。由于在侦察敌情、除汉奸、送弹药、救护伤员中经受了战火的考验，刘胡兰于1946年6月被批准为中共候补党员。从那以后，她更加积极地走乡串户，开展工作。

1947年1月8日，失败后的国民党军开始对云周西村人民进行疯狂的报复。他们抓走了地下交通员石三槐、民兵石六儿、农会秘书石五则等五人，并严刑拷打。危急关头，刘胡兰一面派人向区里汇报，一面到被捕同志家慰问，并做了最坏情况的准备。

党组织十分关心刘胡兰的处境，决定派人接她上山，要她离开云周西村。可是，刘胡兰还没来得及动身，国民党反动派的军队就包围了云周西村。刘胡兰被捕了，被关在一座庙里。敌人想收买刘胡兰，对她说："告诉我，村子里谁是共产党员，说出一个，给你一百块银元。"刘胡兰大声回答："我不知道！"敌人又威胁她说："不说就枪毙你！"刘胡兰愤怒地回答："不知道，就是不知道！"敌人把刘胡兰打得鲜血直流。刘胡兰像钢铁铸成似的，一点儿也不动摇。

为了使刘胡兰屈服，残忍的敌人把她拉到庙门口的广场上，当着她和乡亲们的面，铡死了同时被捕的六个民兵。敌人指着血淋淋的铡刀说："不说，也铡死你！"刘胡兰挺起胸膛说："要杀要砍由你们，怕死的不当共产党员！"刘胡兰迎着呼呼的北风，踏着烈士的鲜血，走到铡刀跟前，从容地躺在铡刀下，英勇牺牲，年仅15岁。

毛泽东听到这个消息后，轻声念着"刘胡兰"这三个字，眼睛湿漉漉的，长吁一口气，亲笔为她题词：生的伟大，死的光荣。

意志如钢铁

1948年6月14日，正在川东地区从事地下工作的江竹筠（江姐）因叛徒出卖，不幸被捕。特务头子、西南长官公署第二处处长徐远举在位于老街32号的办公室主持了对江竹筠的审讯。室内两边摆着老虎凳、吊索、电刑机器、披麻戴孝（有刺的钢鞭）、水葫芦、烙铁、撬杠等多种刑具，几个给犯人上刑的彪形大汉站在一侧，室内充满了恐怖气氛。

面对特务的威胁，江竹筠毫不畏惧，轻蔑地扭过头去，一言不发。行刑的特务一拥而上，把江竹筠按到刑具上，将竹签放在江竹筠的几个手指间，双手紧握住竹签两头，在江竹筠的手上来回猛夹。江竹筠疼得满头大汗，钻心的疼痛使她在短短的十几分钟内昏死过去好几次。

"你交不交代？"满脸杀气的徐远举怒吼着。

江竹筠缓缓地抬起头，坚定地回答："你们可以整断我的手，砍掉我的头，但是，要组织是没有的。"

"上刑！"徐远举号叫着说。

酷刑又开始了，江竹筠又昏死过去。

一次又一次的酷刑，江竹筠始终没有吐出敌人需要的一个字。

黄昏时分，江竹筠被押回牢房。

经过一整天的严刑拷打，江竹筠的手上、腿上、脚上滴着鲜血，浑身上下都是酷刑留下的伤疤。她甩开特务，艰难地向女牢走去。

难友们含着眼泪，用无比崇敬的目光迎接她。牢门一打开，几个女难友一拥而上，把她搀扶进去。

渣滓洞牢房，一场自发慰问江竹筠的活动悄悄开始了。有位男牢友送给江竹筠一件衬衫，附上说明：撕成条，搓成绳，一端系镣，一端系颈，以便减轻脚镣带来的不便。有人把自己舍不得吃的半个烧饼偷偷地塞给她。

楼上楼下许多囚室里的难友都秘密地送来了热情洋溢的慰问信和慰问品。江竹筠心情无比激动地说："同志们太好了，我算不了什么……"

她的手不能动，就请同室的难友代她写回信："……毒刑拷打那是太小的考验……竹签是竹做的，但共产党员的意志是钢铁……"

江竹筠用行动教育了全体难友，她顽强的意志、不屈的精神鼓舞了全体难友。

1949年11月14日，晴天。上午9时左右，一群武装特务凶神恶煞地出现在女牢门前，高叫"江竹筠、李青林，赶快收拾行李马上转移"。江竹筠猜测可能是敌人要杀害她们了，她把默写出来的《新民主主义论》和《论共产党员的修养》塞给难友，然后脱下囚衣，换上自己的旗袍，梳梳头发，带着坚毅的目光向难友们点头告别。

江竹筠跨出牢门，搀扶着受刑时被折断腿的李青林。听见后面有哭声，她回过头深情地看着难友们，挥手告别。

半个小时后，江竹筠和难友们一起被押着走上一条人迹罕至的荒凉小道。为革命献身的时候到了，江竹筠把千言万语凝结为两句响亮的口号。

"中国共产党万岁！"

"打倒反动派！"

难友们一齐相随，高呼口号。

江竹筠等30位革命烈士倒在了血泊中。他们在光明与黑暗的大决战中，为了光明的到来，流尽了最后一滴血。

女军医四本

战斗打得异常激烈，国民党军依靠坚固的工事负隅顽抗，解放军部队的进攻屡屡受挫。张俊火了："都秋后的蚂蚱了，你还挺能蹦跶啊。"他和突击队的战友们一起再次冲了上去。就在要接近敌人工事的时候，一发子弹把他的肩膀打了个大窟窿，他的胳膊耷拉下来，顿时血流不止。张俊急了眼，从一个国民党军的尸体上扯下半拉衣服，那衣服里掉下一块大烟土，他就把大烟土塞进伤口，再用半拉衣服紧紧地扎住，还要往上冲。战友们把他硬拉回来，送到了野战医院。

这一仗，伤员很多，军医很忙，一个女军医为张俊清理创面。女军医戴着口罩，看不见她的脸，但那双大眼睛告诉人们，她很年轻。女军医用镊子往外捏大烟土，张俊疼得大喊大叫，女军医随口说了一句外国话。张俊一愣，日本人？他是抗战老兵，和日本鬼子打过不止一次交道。他平生最恨的是日本鬼子，当时就破口大骂，把他所知道的家乡所有的脏话全都倾泻在女军医身上。女军医不动声色，继续为张俊处理伤口。张俊越骂越火，一个巴掌抡过去，打在了女军医的脸上，女军医一个趔趄摔倒在地，但她很快就爬起来，继续为张俊包扎伤口。

女军医直到离开这个病房，再也没有开口说话。

一个老伤员对张俊说："同志，你太过分了。"

张俊不服气地说："日本人还不该骂不该打？"

老伤员说："人家现在是解放军军医，是我们的同志。"

张俊愣住了："同志？"

旁边一个小伤员幸灾乐祸，对张俊说："你可完蛋喽，人家是主治军医，你就等着吃好果子吧。"

这位女军医叫四本，原来是日伪阜新军医学校的学生，结业后在日本侵华部队随军行医。不久，日本宣布投降，像她这种情况，大多被遣返回国，而四本因为护理伤员，错过了回国的航船，八路军收容队收留了她。在收容队里，四本看到了一支与日本军队和国民党军队完全不同的部队，认清了日本侵略者的本来面目，坚决要求参加八路军，为中国人民的解放事业贡献自己的力量。四本就这样成为中国人民解放军的一名军医。

第二天上午，四本来查房，张俊不好意思地说："四本同志，我错怪你了。"四本笑嘻嘻的，她早就忘了昨天的事。从那以后，张俊的伤就由四本处理，他很快就痊愈归队了。那么大的伤口，除了伤疤，没有留下任何的后遗症。

四本不怕劳累，夜以继日地工作，她说她在为她的民族赎罪。

1947年9月的一天，四本正患重感冒，救护队又从前线抬来一名重伤员。这个伤员的右腿被子弹穿透，骨质已经发炎，陪同来的部队卫生员流着泪说："这是我们的战斗英雄，你们一定要保住他的腿。"但是经过医生的会诊，这个伤员必须截肢，医院领导把这个手术交给了四本。在设备简陋的手术室里，她一站就是三个小时，手术做完了，她也快虚脱了。护士们要送她回房间休息，四本抱着那个战士的断肢说："我去把它掩埋了。"护士们说："四本军医，你太累了，让我们去吧。"四本含着眼泪说："这是一位战斗英雄的腿啊，是我亲手截下来的，还是让我亲手掩埋吧。"

四本用白布包了残肢，双手托着，沉重地走着，医护人员跟在后面。四本在半山腰，挖了一个深坑，把断肢掩埋了。回到宿舍，四本呕吐、腹泻，部队领导马上派人去总医院取特效药，但已经来不及了。

临终，四本说："我想当一个好战士、好军医，可惜没有机会了。"

部队领导说："四本同志，你就是我们中国人民解放军的一个好战士、一名好军医，你还有什么要求吗？"

四本说："首长，我是日本人，请用日本的葬礼安葬我吧。"

四本走了，伴随她的是一支她常用的钢笔、一把她喜爱的木梳和一副她生前离不开的金丝眼镜。

四本走的时候才20岁。

安葬着无数英烈的陵园里，竖立着一座墓碑：革命烈士四本之墓。

血染城防图

太原开城门了！

1949年1月底，解放战争的三大战役都结束了。阎锡山统治下的太原在解放军的重重包围下，成为华北地区唯一的一座孤城。不，严格地说这不是一座城市，而是一座碉堡。除了坚固的城防工事，太原周围方圆百里，已构筑了5000多个防御碉堡。

解放军围攻太原城已经三个月，城里军民食物奇缺，阎锡山政府开始放松出城令，容许老弱病残市民出城逃难，太原封闭三个月的城门终于打开了。

在出城逃难的人群中，有一个老态龙钟的妇人，穿着脏兮兮的大棉袄，拄着拐杖，步履蹒跚地走着。从城里到城门口，守军设立了五个检查点，所带的物品自不必说，身上的衣服、鞋子、内衣裤、头发，任何隐秘处都要受到五道关口的重复检查。如果有人想带走一点儿可疑的东西，那是痴人说梦。这个老妇人也一样，一道一道的关口都过去了，终于出了城门，她暗暗地松了口气。

她叫霍桂花，她的丈夫赵俊宝是中共地下党的一员。太原地下党和阎锡山部队中的地下党员历经三个多月，终于把太原东西南北四张城防图绘制完毕。对于强攻太原，这是一份雪中送炭的情报，但是情报如何送出去成了一大难题。情报站曾经组织几名地下工作者传送城防图，但没出城就被守城士兵发现了，有八名地下工作者当即被杀害。情报没有送成，反而引起了敌军的警觉，戒备更加严密。整个太原城，鸟飞不进，也飞不出。

赵俊宝利用自己的特殊身份得知太原城即将有限地打开城门的消息，便和妻子商量，说："桂花，你来干。""我？"霍桂花当过儿童团团长，当过妇女队队长，也为解放军送出过不少情报，但是，城防图牵涉到千军万马，牵涉到太原城的解放，这个担子太重了。她说："我能行？"赵俊宝说："你肯定行，也只有你行。基层党组织不同程度地遭到了破坏，能够传送这样重要情报的人，只有你了。"霍桂花说："好，为了太原的解放，为了让老百姓过上好日子，我豁出去了。可是，敌人盘查太严，我怎么带出去啊？"赵俊宝说："我想好了，咱们这样……"

赵俊宝把四张城防图用油纸封好，做成个拇指大的蜡丸，另外一个蜡丸里是太原城国民党特务组织的296个成员的名单。21岁的霍桂花用棉线把两个蜡丸紧紧地绑住，塞进自己的身体……

第二天，霍桂花就出现在出城逃难的老弱病残队伍中了。过了最后一个检查点，就是国共两军的战场了。双方处于对峙阶段，战场比城内还要安静。霍桂花随着逃难的人群朝正南方向跑，她已经看到不远处的大字宣传牌，上面每个字都有一丈来高，写的是"打倒阎锡山，清算大战犯"。她心中一喜，终于回家了。就在这时，解放军阵地传来了喊话声："老乡们，有命令不准出城，赶快回去吧。"逃难人群又往回走，但是太原城城门已经紧闭。阎锡山的命令是只许出，不许进。

那一夜，霍桂花就和难民们一起和衣蹲坐在两军阵地的中间。黄土高原特有的沙尘随风弥漫，吹得人睁不开眼。霍桂花的小腹开始疼痛，躺也不是，坐也不是，寒冷的夜晚，竟然疼出了满头虚汗。

第二天天亮，霍桂花动员难民们向解放军的阵地涌去，她找到了巡逻的解放军战士，说明了自己的身份。但是在前线指挥所她不能交出蜡丸，这种绝密的情报，必须交到最高指挥部。前线指挥所派出士兵保护她，把她送往40里外的指挥部。40里，对小腹越来越胀痛的霍桂花那是一个什么样的距离啊！她咬着牙，忍着疼痛，急速步行。到中午，她终于把情报交给了解放军"榆次前线对敌斗争委员会"。

在解放军"榆次前线对敌斗争委员会"，两个沾着鲜血的蜡丸从霍桂花的体内取出，被紧急处理后，送到太原总前委总指挥徐向前面前。按照霍桂花送来的城防图，徐向前做了周密的部署。4月24日，太原回到了人民的手中。而霍桂花为解放太原付出了终身不育的巨大代价。

超越骨肉的亲情

黑夜里的朝鲜山岭非常宁静。志愿军的伤员们都躺在狭窄的坑道里，不管伤情有多重，他们都以顽强的毅力忍受，疼得实在受不了了，才会发出微弱的呻吟。

这里有3个坑道，里面并排躺着20多个重伤员，只有王清珍一个人护理。她才17岁，在家还是个上中学的小姑娘。可是在朝鲜战场，志愿军的医务人员很少，她每天除了给伤员清洗、包扎伤口外，还要承担许多特殊任务。

有一次，医院从前线运送一批伤员。途中要过一条大河，河水结了一层厚冰，担架浸泡到水里，把伤员的脚全冻坏了。王清珍看了很心疼，她和姐妹们把伤员的鞋袜脱下来，先用温水泡脚，然后把脚放到自己的怀里焐，焐热一个再换一个。伤员们一个个暖过来了，王清珍冻得脸都发紫了。一位重伤员全身裹着绷带，只露出鼻子和嘴巴，喉部也被灼伤，失去了吃饭的能力，王清珍用牙将饭嚼烂，口对口地给他喂饭。她看不见伤员流泪，只能听到他颤抖的声音说："护士小妹妹，你比俺爹娘还要亲呢……"

王清珍把这些战士当成自己的亲人，比自家的兄弟还亲。他们多么年轻啊，就在异国他乡负伤流血牺牲，他们有的失去了腿和胳膊，有的被弹片炸伤了耳朵和眼睛。她是跟随第三批志愿军官兵入朝的，也就是1951年初，15岁的卫生员王清珍，大步踏上了友好邻邦朝鲜的领土。过了鸭绿江大桥，就是另一个世界：城市成了一片废墟，四处都是残垣断壁，硝烟弥漫，妻离子散的人们在痛苦中呻吟。当时王清珍暗暗发誓，一定要打败美帝国主义，为朝鲜人民报仇！

战斗打响后，王清珍每次都要求上前线。枪林弹雨挡不住她，饥寒交迫拦不住她。她说，只要一想到战友们还在浴血奋战，朝鲜人民还在受苦，身上就有股使不完的劲儿。医疗用品不足，就从烈士和敌人的尸体上收集急救包；绷带不够用，就去捡敌人投照明弹的降落伞，把它撕成条做绷带；药棉用完了，就从棉衣里抽出棉絮煮沸后做药棉。

夜已经很深了，王清珍还在坑道里来回查护着，她的头脑里已经没有了白天黑夜的概念。这时候，她隐约听到洞口处传来一阵呻吟，痛苦而又沉重，她的心里一紧，赶紧走了过去。在微暗的煤油灯光照耀下，她看清了呻吟的伤员。他是下午才从火线上抬下来的，是八连坚守坑道的一位排长，炮弹片炸伤了他的下身，登记本上写着他的姓名。王清珍轻轻地呼唤他："曹排长，曹排长……"伤员不能动弹，脸色泛白，额头上布满了汗珠。

王清珍摸不清他哪里不好受，轻声地问："你哪里痛呀，同志，对我说一声好吗？"曹排长显得有些腼腆，他说："护士同志，我想……"曹排长不好意思说下去。王清珍心里有数了，因为刚来的重伤员，大都存在这种情况，她就说："你是想解手吗？大解还是小

超越骨肉的亲情

解？没事的，我帮你。"曹排长只好对她实说："我想小解。""那好，你稍等，我给你拿东西去。"王清珍转身拿来一个罐头盒，蹲下身子帮曹排长脱衣裳，可是曹排长怎么好意思呢？他吃力地用手示意说："护士同志，不用了，我自己来吧！"王清珍非常了解这些伤员，他们的自尊心都很强，凡是自己能做的事情是不愿麻烦别人的，就没再坚持，转过身来，走到洞口旁等着。

可她等了好一会儿，也没听见什么动静。当她转过身来时，却只听曹排长痛苦地呻吟着。怎么回事？她赶紧跑过来，看见曹排长两手哆嗦，那个接尿的罐头盒当啷一声掉在了地上。王清珍非常同情曹排长的痛苦，她急忙走到床前，埋怨地说："同志，我们在战场上死都不放在眼里，还在乎这点事干什么呀？这样憋着怎么能行呢？还是我帮你吧！"这亲切的话语，饱含着一种亲情，是战争年代战友之间发自内心的爱护。

这时候，坑道里的伤员也不知道什么时候都醒了，他们纷纷劝曹排长："曹排长，你伤势太重，还是让她帮忙吧！"

"曹排长，你刚来不知道，我们好几个人都是靠她帮忙解大小便。"

"在这里，我们还有谁比她更亲呢……"

曹排长听了大家的劝说，点了点头表示同意。可一样年轻的他，怎么好意思说出自己尿不出来呢？王清珍也以为他刚才只是翻身引起的伤口疼痛，也没往深处想，只是慢慢地替曹排长解开裤子，然后非常小心地把罐头盒接了上去。

曹排长也在暗暗使劲，可是憋了半天就是尿不出来。越这样，伤口疼痛得越厉害，他禁不住又叫了一声："哎哟！"王清珍看到他的痛苦，心里也不好受，她完全明白了他的隐情。实际上曹排长腹部中弹，泌尿系统受到重伤，他已经控制不了自己排便了。王清珍摸了摸曹排长的小腹，鼓胀胀的，显然已经很长时间了，如果不马上导尿的话，就可能导致尿中毒甚至膀胱胀裂，就有生命危险了，必须立即采取措施。一贯胆大心细的王清珍迅速从值班室里找来了导尿管，涂上润滑油。这时的曹排长因膀胱极度胀疼而无法自制，他也不再推让了，想配合王清珍的救护。可是，导尿管塞进去了，尿液还是一点儿也没有排出来。

怎么办？王清珍急了一头汗。曹排长大口喘着粗气，头上冒出豆大的汗珠，面孔因为难受开始变形，眼角还流出了泪水。钢铁般意志的战士啊，被子弹打穿肠肚、被炮弹炸掉胳膊时都不吭一声，而现在因为不能排尿被折磨得生不如死，这样的事情真让人揪心啊！这时洞里的其他伤员都替他着急，连连叹息。王清珍更是心急如焚，一时又想不出什么办法来。怎么办？有个伤员自言自语地说："要是我们哪个能够动一动就好了，用口吸也不能看着曹排长被尿活活憋死！"

王清珍听了这话受到了启发，小时候在家就听妈妈说过用口吸尿的事情，在护士班培训的时候，医生也说过，在特殊的情况下，就用"人工"导尿。想到这些，王清珍心里豁然开朗，但又一想，自己毕竟还是个17岁的少女啊！尽管在血与火的洗礼之中她已经做出了和平环境里同龄人不能做出的牺牲，可是对一个年轻的女卫生员来说，用口替异性排尿却是从来没有做过也没有想过的事情。

在战火硝烟中，随时都有死亡发生，但人活着的时候，一个中国少女的灵魂深处，传统的思想还是深扎在脑海里，羞涩感也没有完全洗去，王清珍一时不知道如何是好。当她看到曹排长被胀痛折磨的变形的脸庞，她又不可能看着死神把自己的战友从身边夺去。犹豫只在刹那间，她转而不顾一切地俯下身去，用嘴含着导尿管，使劲地吸着，坑道里的所有伤员都为她而感动。一次、两次……终于，尿液流进了罐头盒里……王清珍的脸上露出了灿烂的笑容，像花儿一样绽放。伤员们没有欢呼，而是发出了一声叹息，同时疼爱地背过脸去，悄悄地流下眼泪。

坑道里又恢复了往日的平静，伤员在一个一个增加，但王清珍的脚步还是那样轻盈，她对伤员的爱超越了骨肉亲情！

节日礼乐

　　1951年2月至3月，中国人民志愿军与朝鲜人民军紧密配合、并肩作战，攻势凌厉，经过四次战役，一度打过了"三八线"。第一批出国参战的女文工团员所在的部队也已接近"三八线"，日行军容易暴露，所以这支志愿军队伍选择了夜行军，这对女文工团员们来说是一个极大的挑战。

　　扑通……战友们想，这准又是"四眼儿"摔倒了。"四眼儿"来自燕京大学，原来的名字叫乔森，因为总是戴着眼镜，战友们给了他这样一个称谓。"四眼儿"的眼镜在这扑通声中摔坏了两副，都成了"瘸腿"，他穿了个绳子挂在耳朵上，看上去很滑稽。在朝鲜战场的几个月，物资极度匮乏，长时间不食用青菜，缺乏维生素A，很多战士得了夜盲症，"四眼儿"只是其中的一个。夜盲症俗称"雀蒙眼"，在夜间或光线昏暗的环境下视物不清，这对夜间行军的志愿军来说是非常大的困难。

　　为了克服这个困难，视力正常的战士就牵着患有夜盲症的战士的手前进，但还是避免不了疲乏至极的战士摔倒在黑漆漆的路上，队伍里不时地听到扑通扑通的响声。如果是在和平年代，听到这扑通扑通的声音，很多人会忍不住笑出声来，但是在这样残酷的战场行军中，这种扑通的声音如此残酷，敲打在黑洞洞的夜里，让人心疼。在乐观的志愿军看来，这是一种动员的音乐。

"同志们，特别是女同胞们……"队长的话还没有说完，扑通……不知道又是谁摔倒了，队长跑到文工团的队伍里查看，原来是文工团的小鬼、才16岁的王学艺。他有项特殊的技能，能一边行军一边睡觉。尤其在夜行军时，他走着走着就睡着了，步子慢了下来，后边的同志撞到他的后背上，他才惊醒过来，快步赶上队伍。这次因为天黑竟被后边的同志撞了个大跟头，摔得扑通响。

队长咳嗽了两声，又对着文工团员们继续他的讲话："女同胞们，明天就是'三八'妇女节了，加把劲儿，到'三八线'上过'三八'妇女节！"

话刚讲完，又是扑通的声音。

队长皱了皱眉，心里也疼啊，这么个摔法，什么身子经受得住啊。但是得鼓舞士气，队长又清了清嗓子，对战友们说："同志们，听见没？这扑通扑通的响儿，是为咱们的女同胞们庆贺节日的礼乐啊，到了'三八线'，过个'三八'妇女节，好好犒劳犒劳你们。"

伴着扑通声，脚下踩着"大炮"（长时间行军，脚底下磨出脓包），仿佛行走在刀尖上一样痛苦，但是女文工团员们没有一个人叫苦喊累。3月8日凌晨，文工团终于走到了"三八线"附近，有了珍贵的睡眠时间，就在这两三个小时内，一切都与这八个女孩子无关了，美美地与"周公"会上一面，才是最大的享受。

天亮了，队长把团员们集中在一起，向文工团的八位女团员致以节日的问候。3月8日在"三八线"上过"三八"妇女节的女文工团员们非常兴奋。过节得改善一下生活,队长绞尽脑汁也没想出拿什么来犒劳女团员,只好带着女团员们回到昨晚暂住的民舍。看着被炸毁的民舍,队长眼睛里满是愤怒。突然,队长想起了什么。

"队长,你找什么呢?"

"锅,牛。"

脚下磨起的脓包生疼,队长一瘸一拐地踩在废墟上,扑通一声摔倒在上面,双手仍旧用力地扒拉着废墟。

女文工团员们赶忙跑过去,要扶起队长。

一些战士疑惑地看着队长:"扑通扑通找蜗牛?队长可真有意思……"

队长都不理会,仍旧扒拉着废墟。过了一会儿,他兴奋地喊了起来:"找到了!我这扑通可没白响。"

队长举起一口未被炸坏的锅,指了指牛棚,对一旁的男兵们说:"挖!"

大家这才明白队长的话,什么蜗牛啊,队长是想找锅炖牛肉犒劳过节的女同胞们。这家民舍的牛棚没躲过轰炸,牛也"光荣"了。队长用军刀利索地割下几块牛肉,大家兴奋地支起锅煮起牛肉来。因为是女同胞的节日,八位女同胞得到了优厚的待遇,分到了大块牛肉。物资匮乏,没有盐巴,也没有佐料,但在战场上,这原汁原味的牛肉就成了女文工团员们的"盛宴"。

夜幕降临,女团员们回味着牛肉里原汁原味的幸福,又开始奏着扑通"节日礼乐"夜行军。

女作战参谋

女文工团员、女护士、女医生、女通信兵……这些都是志愿军女战士们特有的职业；舞台、医院、机房，这些都是志愿军女战士们施展才华的重要地方。而邓帆与她们不同，她是中国人民志愿军某部唯一的女作战参谋。

既然是作战参谋，那就离不开行军打仗。邓帆几乎忘了自己的性别，和部队一起行军作战，同吃同住。通过千里封锁线，邓帆和战友们一样背着40多斤重的装具。为了避开敌机轰炸，部队必须白天睡觉，夜晚行军，大路不走走小路，平路不走走山路。气温零下十几度，休息的时候，邓帆被冻得无法入睡，只有找到一处朝鲜老乡废弃的牛棚，她才能打个盹。

从实战出发研究战争，是邓帆这个作战参谋的基本业务。她从上甘岭战役中，深深感受到坑道战的条件实在是太艰苦了。敌人每天投到上甘岭的炸弹有30多万发，坑道被敌人炸得越来越短，空间越来越小，内部的空气也十分浑浊。由于条件太艰苦，一些战友在坑道中得了终身疾病，有的甚至死亡。邓帆暗下决心，一定要想办法改进坑道条件，最大限度地减少战士的伤亡。

她和战友们来到前沿阵地做了大量调查研究，提出改进坑道的一系列措施：把坑道修在离山顶15米左右的地方，既可以抵御敌人每天可能丢下来的几十万发炮弹，又便于发挥火力；把坑道筑成高1.8米、宽1.2米，便于两个全副武装的战士进出运动；并在主干道旁合理筑建蓄水池、弹药库、包扎室等。随后，他们及时将这些经验总结出来向部队推广，大大提高了坑道的推进速度和质量。

几年的戎马生涯，邓帆和她的战友结下了深厚的情谊。那一天，邓帆画好了行军路线图，和几位男战友一起，提前出发查看营地和水源等情况。宿营时，科长想给邓帆单独找一间房子，结果遭到全体男参谋的反对，大家说："为了安全，邓帆必须和我们睡在一个冷炕上，由我们保护她最安全。"就这样，邓帆被安排在男兵们最中间、最安全、最暖和的位置，美美地睡了一觉。

1953年7月27日，停战协定正式签署，中国人民志愿军和朝鲜人民军取得了朝鲜战争的伟大胜利。听到消息，邓帆和作战处的战友们高兴地扯下了作战室窗上的防空布，又唱又跳。这时候大家突然想到邓帆是一个漂亮温柔的女参谋，于是纷纷邀请她跳舞。

一个都不少

刘若冰是个美丽灵巧的四川姑娘，她在四川的大山里长大，有一副天生的好嗓子。她是部队特招的文工团员，在她的坚决请求下，才和几个女战士入朝参战。17岁的刘若冰，被分到野战医院当护士。残酷的战争随时都在考验着她。

她刚踏入朝鲜的土地，就迎来了第五次战役，仗打得很苦，时间拖得也长，敌我双方都付出了很大代价。刘若冰一上战场就看到了弹坑连着弹坑，到处是燃烧着的尸骸。敌人的炮火封锁了公路，运送伤员的汽车和担架队把她们和后方医院隔绝了。刘若冰和战友们抬着伤势很重的伤员向后方转移，道路艰难而又漫长。

刘若冰和战友们抬着担架，把伤员送到了隐蔽地段。当她再次返回时，院长叫住了她，说："小刘啊，这里的伤员我们需要就地手术，还有38个轻伤员，你要一个不落地把他们带回后方。能不能完成任务？"

此时到处是战火，敌人随时可能出现，到后方医院还要过一条大江，刘若冰刚参军，就单独接受这样艰巨的任务，战友们都替她担心。刘若冰不知道说什么好，她学着老同志的样子，向院长举手敬礼，坚决地说："请院长放心，有我在就有伤员在，我一定把他们送回去，保证一个都不少。"院长听了她的誓言，拍了拍她的肩膀，眼中充满了信任。一个17岁的女孩，也感受到了肩上的分量。

刘若冰清醒地知道，他们的左右两翼都是敌人。敌机的狂啸声、炮弹的爆炸声、机枪的扫射声不绝于耳，他们随时都有可能与敌人遭遇。她是第一次，也是认真地设想了牺牲的方式：假如和敌人遭遇，要与敌人同归于尽。可这么小的一个姑娘是不可能做到的，因为她没有防护武器。刘若冰身上除了炒面袋和十几个伤员的水壶，连一颗手榴弹都没有。没有武器的士兵在战场上，就如同兔子掉进狼窝里。头一次带兵穿越战场，刘若冰一时没有了主意。那就到时再看吧，她对自己说。她想起了院长给她们讲过的朝鲜"丹娘"赵玉照，如果在平路被敌人抓住，就学她的样子，誓死不屈；如果是在高山悬崖，就学狼牙山五壮士。刘若冰回头看到38名伤员，觉得自己想远了：他们是我的伤员，我怎么能只想到死呢？把他们带出险境才是我的责任啊！

狭长的小路弯弯曲曲，如果在平时，也许半个小时就可以穿过封锁区，现在她只能先闯危险地带，把抬伤员的担架送过去，再领着伤员通过。敌机盘旋在头顶，每前进一步都十分艰难，刘若冰想起院长的话，首先要在精神上战胜自己，藐视敌人，她又恢复了往日的活泼。她说："同志们，大家都是共青团员吧，我们入团宣誓的时候，都唱过《青年团员之歌》，谁会唱呢？""我们一起唱吧。""好，我先唱一句，然后大家一起跟着唱。""听吧，战斗的号角发出警报……"伤员们也来了情绪，说："护士同志，不要忘了，我们虽然是伤员，但还能走路，还有大脑，我们不会拖累你的，我们真的很愿意听你唱歌啊！""同志们，我的歌有很多，但唱多了不行，我们要注意防空和警戒，不能让敌机发现我们！"

　　天渐渐黑了，路标看不清楚了。每到一个路口，刘若冰便让伤员们停下休息，自己到前方探路，再回来接伤员们。别看刘若冰年纪小，战斗经验却很丰富。为了避免敌人的炮火袭击，她为伤员们做好伪装，并拉开距离，38名伤员，队伍前后长达100米。敌机来了，她时而指挥"卧倒"，时而跑前跑后照顾伤员。就要过北汉江了，刘若冰高兴极了，她把伤员安顿在隐蔽地里，自己跑到江边和朝鲜的同志联系，那里的大桥被敌机炸毁了，只有在夜晚蹚水过去。天气寒冷，有的伤员伤口还在流血，进水就可能发炎。怎么办？她和伤员们商量，大家都同意蹚水过江。在朝鲜老乡的帮助下，38名伤员一个一个地顺利过了江。

　　三天过去了，刘若冰他们终于到了后方医院，38名伤员一个也不少。后方医院的战友们抱住她说："大家都快急死了，还传说你被俘了呢！"

　　刘若冰说："如果是那样，我就要做志愿军的'丹娘'！"

梦醒时分

　　天山脚下，绿色的草地上点缀着白色的羊群，蔚蓝的天幕下飘浮着白色的云朵，一只雄鹰在翱翔。雄鹰下面是八个并排的大字：投身革命，献身国防。

　　这是20世纪50年代初，湘妹子刘玲玲在长沙的一家报纸上看到的新疆军区征女兵广告。年轻人的血总是热的，一身戎装，扎根边疆，是刘玲玲这一代女生最崇高的理想。而美丽的戈壁滩，更是引起了少女梦幻般的遐想。刘玲玲放下报纸就去报了名，成为上天山的八千湘女中的一员。

　　汽车向着大西北，一路奔驰，撒下姑娘们一片歌声。一车车女兵入疆，成了荒漠戈壁上一道亮丽的风景线。维吾尔族青年没见过解放军女兵，骑着马在汽车后面狂追，就为了多看一眼。女兵们胸脯挺得更高，歌声唱得更响。

　　越往戈壁深处走，眼前的景色就越荒凉，没有路——其实也根本不用路，茫茫戈壁就是无边无涯的路。人烟逐渐稀少，汽车跑上一天两天，除了偶尔有一两只黄羊追逐奔跑，见不到戈壁上有其他生命。满目沙丘，东一丛西一丛的骆驼刺，即便是在夏天，也看不到绿色。带的水比金子还贵重，别说洗脸刷牙，就是漱漱口，这口水也得咽下去。沙丘很美，阳光下，如同画家笔下金色的梯田，但是一发起"脾气"来，就变成"惊涛骇浪"，能够淹没一切。最惨烈的一幕发生在傍晚时分，女兵们眼睁睁地看着沙尘暴遮天盖日地扑了过来，几乎是在瞬间，就吞没了汽车……沙尘暴过后，全车的人费尽力气，才挖出汽车。但是，坐在货车最边上的一个女兵却永远失去了下落。

女兵们安慰自己：这是暂时的，等到了天山脚下，噩梦就会结束，一切都会好起来……

这一天终于到了，八千湘妹子带着美好的梦到了天山脚下。梦醒时分，是在没有尽头的戈壁荒漠上，汽车一字长龙地停下来。带队的干部下车说："到家了。"女兵们面面相觑，没有村落，没有人烟，更没有如云朵一般的羊群。

家？家在哪里？带队的又喊了一声："女兵到了，同志们欢迎。"

突然之间，从地底下冒出了一群又一群士兵，对着女兵们使劲地鼓起了掌，原来农垦战士都住在地窝子里。所谓地窝子，就是在地下挖个洞，铺上芨芨草。

女兵们的梦醒了，她们回到了现实中。夜深人静的时候，她们会回到青山绿水的家乡，回到慈爱的父母身旁。她们背着书包叽叽喳喳地和女伴们结队上学，她们还和工友们一起在纺织厂的车间里穿梭奔忙……

部队对入疆女兵进行了政治教育，向她们讲共产党员的理想、共产党员的信念、共产党员的力量，战斗英雄们一场一场作报告，裸露着浑身的战创，如数家珍地讲述着每一个伤疤的光荣与辉煌……

梦想破灭了，但是女兵们收获了理想，她们知道自己在从事一项伟大的事业，为了这个事业就必须要有牺牲。这种牺牲包括青春、鲜血，甚至生命……

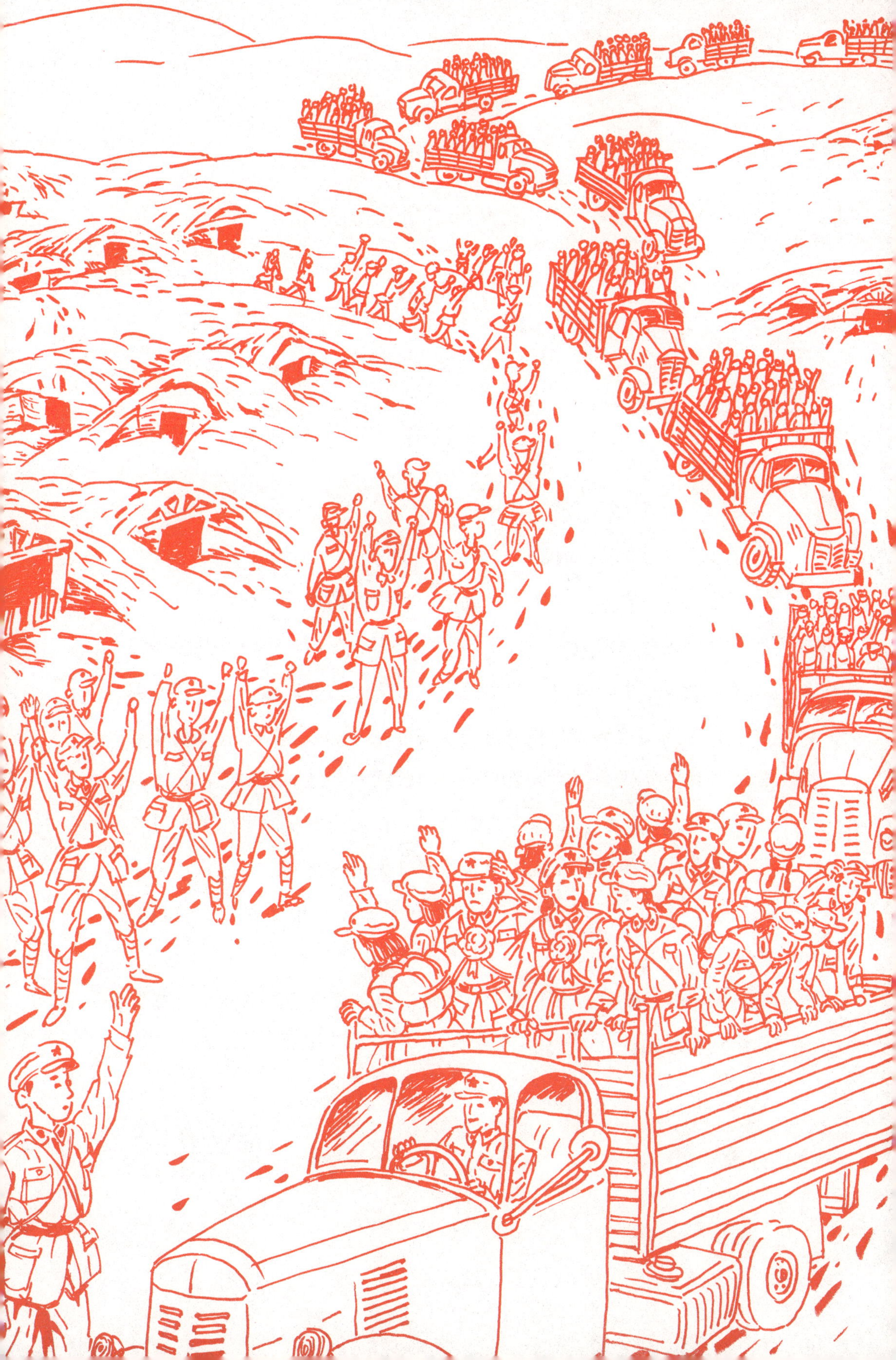

后 记

百年征程波澜壮阔，以史鉴今不忘初心。

红色故事和革命故事是红色基因和中国精神的有效载体，其中凝聚着中国精神的力量。记录好红色故事和革命故事，既是传承的需要，也能带来奋发向上的精神启示。为此，我们组织人员精心编写了这套《精神的力量系列丛书》。本丛书搜集整理了150余篇红色故事和革命故事，因所选资料时间跨度大、空间范围广，且有些经典故事几经流传，已深入人心，印刻在人们的脑海里，虽然进行了再度创作和编写，有些段落和情节难免出现雷同。期待该丛书出版之后，读者可以从这些红色故事和革命故事中汲取智慧和精神力量。

由于时间紧迫，书中难免存在疏漏或不妥之处，敬请广大读者提出宝贵意见。

编 者

2021年8月